皇帝の薬膳妃

紅菊の秘密と新たな誓い

尾道理子

角川文庫
23375

目次

用語解説と主な登場人物

伍尭國

麒麟の都を中央に置き、北に玄武、南に朱雀、東に青龍、西に白虎の五つの都を持つ五行思想の国。

四公

東西南北それぞれの地を治める領主。重臣として国の政治中枢にも関わる。

玄武……医術で栄える北の都。

- **董胡** 性別を偽り医師を目指す少女。「人の欲する味が五色の光で視える」という力を持つ。
- **鼓濤** 董胡と同一人物。玄武の姫として皇帝に輿入れする。
- **卜殷** 小さな治療院を営む医師。董胡の親代わりであり師匠。
- **楊庵** 董胡の兄弟子。先輩医師の偵徳と共に、董胡を捜して王宮に潜入する。
- **玄武公 亀氏** 玄武の領主。絶大な財力で国の政治的実権をも握る。
- **濤麗** 董胡の母。故人。
- **華蘭** 亀氏の愛娘で、董胡の異母妹。翔司と懇意。
- **茶民** 董胡の侍女。貯金が生き甲斐。
- **壇々** 董胡の侍女。食いしん坊。
- **雄武** 玄武公の次男。麒麟寮で学んでいた。

麒麟（きりん）……皇帝の住まう中央の都。国の統治組織を備えた王宮を有する。
また、天術を司る皇帝の血筋の者も「麒麟」と呼ばれる。

・**黎司（れいし）** 現皇帝。うつけの乱暴者と噂される。

・**翔司（しょうし）** 黎司の異母弟。粗暴とされる兄を憎む。

・**孝司（こうし）** 先帝で黎司と翔司の父。生前は玄武公の傀儡（かいらい）となっていた。

・**凰葉（おうは）** 黎司の母。故人。朱雀の血筋。

白虎（びゃっこ）……商術で栄える西の都。

・**白虎公 虎氏（こし）** 白虎の領主。玄武公と結託し、私腹を肥やす。

朱雀（すざく）……芸術で栄える南の都。

・**朱雀公 鳳氏（ほうし）** 妓楼を営み隠居生活をしていたが、兄が病に倒れたため、朱雀公に。

・**朱璃（しゅり）** 父の妓楼で芸団を楽しんでいたが、朱雀の姫として皇帝の妃に。

・**禰古（ねこ）** 朱璃の侍女。朱璃のことが大好き。

青龍（せいりゅう）……武術で栄える東の都。

序

古の時代、伍尭國という豊かな国があった。

北に玄武、南に朱雀、東に青龍、西に白虎という四つの領地を持ち、中央の麒麟の皇帝が統治する五行思想の国であった。

医術の都を持つ玄武で育った董胡は、小さな村で治療院を開く卜殷に育てられた平民だったが、医師の資格を得るために男と偽って暮らしていた。

しかし医師試験に合格したはずの董胡は、思いがけない事実を聞かされ、うつけと噂される皇帝・黎司の許に玄武の一の后・鼓濤として、朱雀、青龍、白虎の一の后達と共に輿入れすることになってしまった。

皇帝を廃位に追い込もうとする玄武公の娘として冷たい扱いを受ける董胡だったが、男装の医官として密かに黎司を助けるために奔走する。そうして董胡が鼓濤と同一人物だと気付かぬまま、黎司は少しずつ心を開くようになっていた。

そんな中、黎司は天術による先読みで、朱雀の妓楼街に妙な病が流行ると予見する。

帝の命を受けて密偵となり朱雀の妓楼街に赴いた董胡は、病の原因を探り当て、主犯格と思われる若君を追い詰めたものの、逃してしまう。

しかし病の流行は抑えることができ、朱雀の危機を救った董胡は、再び玄武の后・鼓濤として穏やかな日々に戻ろうとしていた。だがそんなある日……。

輿入れ以来、拝謁の申し出を無視され続けていたはずの皇太后から突然お茶会に誘われ、再び大きな波瀾が巻き起ころうとしていた。

一、黒水晶の宮

伍尭國、開祖、創司帝。

未来を読み、風を操ると言われた彼の皇帝が、結界を張り理想の盤を整えるように建てた国が伍尭國だと言われている。

そして結界の要所となる麒麟を含めた五つの宮には、それぞれ輝石が奉納されていた。

皇帝の住まう皇宮には、五重の塔の頂上となる部分に巨大な黄玉が鎮座している。

南の朱雀には紅玉、東の青龍には蒼玉、西の白虎には玻璃、そして玄武には黒水晶が祀られていて、輝石の守り人として領主が住まっていた。

つまり北の玄武の結界を守るのが黒水晶の宮であり、領主である亀氏の役割だった。

時は董胡が医師の試験を受けた直後に遡る。

壮大な邸内には大小の屋敷が回廊でつながり、庭の大きな池には太鼓橋が架かっていた。

緑の木々も鮮やかなその庭に面した広い座敷に、三人の男がいる。

「偉そうに不正は不要と言っておきながら、二番だったとはな、雄武よ」

半分巻き上げた御簾の中から不機嫌な玄武公の声が響いた。

玄武公の次男である雄武は青ざめた顔でひれ伏した。

麒麟寮の医学生の基本である白い袍服に、角髪頭の前髪を眉の上で切り揃えている。

色白で神経質な顔つきだが、今日は怯えて一層白い顔色をしていた。

「申し訳ございません、父上。まさかあのような下賤の者に負けるとは思わず……」

「ふん！　つまらぬ意地を張ったがために、そなたは一生、二番手の医師だ」

「くっ……」

雄武は伏した顔に悔しさを滲ませた。

「今からでも試験の解答に不備があったと改ざん致しましょうか、お館様」

雄武の背後には医術博士の章景が控えていた。

「麒麟の神官が関わっているのじゃ。今更遅いわ！」

「も、申し訳ございません」

医家のたいていのことは自在にできたが、麒麟の息がかかった事だけは自由にならなかった。それでも先に手を回して解答を改ざんする方法ぐらいはあった。

「で、ですが雄武様が悪いわけではございません。普通ならば間違いなく首席となる成績でございました。今回はたまたまそれ以上に優秀な者がいたというだけでして……」

「言い訳などどうでもよい。結果がすべてじゃ！」

「はっ。申し訳ございません」

雄武の代わりに章景がひれ伏して謝っている。

「それにしても、その優秀な者とは誰だ？　そんな噂は聞かなかったが」

玄武公は、ふと興味を抱いた。

「貴族の者ではございません。麒麟寮に入寮してから、斗宿の卑しい治療院の子供でございます」

雄武が答えた。

「斗宿の治療院？　あんな田舎にまともな治療院があったか？」

領主として大家の診療所などは把握しているが、田舎の治療院まではよく知らない。

たいがいは農民相手のやぶ医者ばかりだ。

「なんでも卜殷とかいう医師がやっている治療院のようです」

「卜殷……。どこかで聞いた名じゃな」

玄武公は首を傾げて考え込んだ。だが結局、何も思い出せなかった。

「父上、この失態は必ず挽回してみせます。卒業までに必ず卑しき者を退け、私が一番だとみなに知らしめる方法を考え出してお見せ致します」

それを聞いて、待っていたとばかりに章景が口を挟んだ。

「そのことでしたら私めにお任せ下され。すでに方法は考えております」

「え？」

雄武は驚いて章景を見た。

「この玄武の都に亀氏様一族より優秀な医師など不要でございます。目障りな貧乏人は葬り去るのが一番でございます」

「葬り去る？」

雄武は思いもかけない言葉に青ざめた。

「お、お待ち下さい。そんなことをしなくとも、私の力で勝ってみせます。だから……」

「ははは。勘違いなさらないで下さい、雄武様。何も街中で斬って捨てようというのではありません。特に今回は、てっとり早く葬り去る公明正大な方法がございます」

「公明正大な方法？　い、いったい何をするつもりなのですか？」

雄武は不安な気持ちで尋ねた。董胡が目障りなのは間違いないが、まだ若く、多少の正義感のある雄武は不正に追い落とすつもりなどなかった。

「ふ……む。帝が突然崩御されたのは予想外のことであったが、そなたにとっては好機を得たのかもしれぬな、雄武」

玄武公の扱いやすい傀儡であった孝司帝は、つい先日病の悪化で急に亡くなった。まだ民に広く公表していないが、貴族の口から徐々に噂は広まっている。

「帝の死と私に何の関係が……？」

雄武は訳が分からず尋ねた。

「ふふふ。皇帝の崩御に伴い、大切な儀式があるのをご存じですかな、雄武様？」

章景はあくどい微笑を浮かべ聞き返した。

「儀式？」

「陛下の専属医師の部署である内医司の医官たちは、その尊い命をお救いできなかった責を負って殉死するのが代々の習わしでございます。麒麟寮で習いませんでしたかな？」

「それは……」

聞いたことはあるが、周りで殉死した者など聞いたこともなく遠い話だった。

「急なことで貴族医官の入れ替えが陛下の死後になってしまったが、まあいいだろう」

「内医頭蘇芳はそのままで良いとして、内医助は亀氏様の血筋の方でございます。この者を吐伯と入れ替えてはどうかと思いますが」

「ふむ。吐伯か。最近西方の壁宿の地で手広く診療所を開いていると聞く。貴族のくせに貧しい平民に安く生薬を分けて人気を得ようと企む不届きものであったな」

「はい。民の中には亀氏様よりも領主に相応しいなどとほざく輩も出る始末でして」

「よいだろう。すぐに連れてきて内医助に任ずることとしよう」

雄武は二人が何を話し合っているのか理解できなかった。

「それから平民医官の中に異国より切開術を習得してきたなどと公言し、医術の倫理を乱す者がございました。その者はすでに先手を打って内医官に任じておりました」

「ふむ。平民の分際で医術の先端を知るなど不遜な愚か者である。出過ぎる前に始末するが良かろう」

「はい。出来れば安寧も始末したいところですが……」

「安寧か……。吐伯と仲の良い貴族医官だったな。だが貴族医官は内医頭と内医助の二人が基本だ。次の機会で良いだろう」

「さようでございますね。次の皇帝が亡くなれば再度儀式が行われます」

「ふ……。そう遠い未来ではない。早々に名簿を作っておくがいい」

「ふふふ。畏(かしこ)まりました」

雄武は信じられない会話の内容に言葉を失(な)くしていた。

父の絶大な権力は理解しているつもりだった。時には冷酷な処分をくだし、人々に恐れられていることも知っている。決して善人と呼ばれる人物でないことも分かっていた。だが、人の命を今の気分一つで笑いながら選別するような残酷さを目の当たりにしたのは初めてだった。しかも皇帝の死期までも分かっているような言葉の数々。

これが権力を持ち過ぎた者が行き着く先なのかと背筋が凍った。

「そなたもそろそろ亀氏一族がどれほどの力を持つのか知っておくべきであるな、雄武よ」

「わ、私は……」

突然父に話を向けられ、汗がにじみ出た。

何か言うべきだと思うのに、喉(のど)が詰まって言葉が出てこない。

「そなたの兄の尊武(そんぶ)は、座学はさほど真面目ではなかったが、おそろしく勘が良く要領がいい。そなたの年の頃には、自分の力と為(な)すべきことを充分に分かっていたぞ」

「さようでございますね。尊武様には生まれながらに人々を従えさせる資質のようなものがございます。まさに亀氏一族を継がれるに相応しいお方です」

雄武は震える手をぎゅっと握りしめた。

幼い頃からいつも早熟な兄と比べられ、その年では尊武様はこれが出来ていた、あれを理解していたと言われ続けてきた。兄には何をやっても敵わない。だが座学だけは雄武の方が僅かに勝っていた。兄が本気を出せば負けていたのかもしれないが、とにかくこれだけは褒められた。唯一誇れる長所のはずだったのに、蓋を開けてみれば首席医官の肩書を持つ兄と、二番手で首席の肩書を持たない自分だった。結局、座学でも勝てなかった。

激しい敗北感と、今度こそ父に見捨てられるのではないかという恐怖におそわれる。

(董胡は内医官に任じられて殉死させられるのか……)

そんなことを望んでなどいないと反論したいのに、恐怖で言葉が出てこない。

「まあよい。そなたは心配せずに勉学に励め。すべて章景がうまくやってくれる」

雄武は言い返すこともできず、「分かりました」と答えることしかできなかった。

董胡の首席合格が闇に葬られると知って、雄武が得たのは勝利などではなかった。

激しい後悔だ。

なぜ董胡よりいい成績をとって首席合格できなかったのか。

そうすれば董胡は殺されずに済んだ。

董胡のことは最初から気に食わなかった。平民のくせにやたらに薬草に詳しく座学に秀でている。しかも治療院を幼い頃から手伝っていたせいか、患者の処置や薬膳調理の実践においてはまったく敵わない。唯一、鍼だけが不得意らしく多少上回れるぐらいだ。

目障りで仕方なく、周りの連中と意地の悪い嫌がらせもした。

だが自分のせいで殺されるというのは違う。そこまでの憎しみはない。

むしろ後味が悪く、どうにもやりきれない。

敗北感よりももっと重苦しい罪悪感に苛まれていた。

麒麟寮で、いなくなった董胡を捜し回る楊庵の姿を見かけるたびに心が痛んだ。

その楊庵も姿を消し、自分の発した闇がどこまでも広がっていくような恐怖を感じた。

勉強も手につかず、すべてが嫌になって生きる気力さえ失いそうになっていた。

そんな時だった――。

董胡が生きているという噂を聞いた。妹の華蘭の侍女が話していたのだ。それはまったく信じられない話だった。あの董胡が女で、しかも帝の一の后として輿入れしたというのだ。これは自分の罪悪感が見せた荒唐無稽な夢の一部なのだろうかと怪しんだ。

だが調べるうちに、どうやら本当らしいと分かった。

そして、どうしても董胡が生きていることを確認したかった。

そうすれば、この重苦しい罪悪感から解放される。

　だが相手は王宮に住まう皇帝の一の后だ。たとえ兄という立場であっても簡単に会える相手ではない。それでもどうにか会えないものかと機会をうかがっていた。

　そして雄武の待ち望む好機は、皮肉にも侍女頭代理・董麗に扮した董胡が、偶然弟宮と出会ったことに端を発して叶うことになるのだった。

二、黎司と翔司

董胡と弟宮・翔司が出会ったのは、まだ竜胆の花が咲き誇る時期だった。
侍女頭代理として董麗に扮して大朝会に出席していた董胡が、朱雀の后宮に招待された帰り道、回廊の周りに咲く竜胆に心奪われていた時に翔司が通りかかったのだった。

「竜胆の姫君……」

翔司皇子は、玄武の二の后宮の御座所から見える中庭を眺めながら呟いた。
角髪に結った髪と澄んだ瞳が、成人前の若々しさと清々しい正義感を滲ませる好青年だった。

翔司は、ついさっき貴人回廊で出会った一の后の侍女らしき女性を思い浮かべていた。

「え？」

向かいに座る姫君が大きな扇の中から聞き返した。

「あ、いえ。なんでもありません。今日はこちらにおいでになっていたとは知りませんでした。会えて嬉しいです、華蘭殿」

大きな扇で隠しているとはいえ、結い上げた髪を飾る宝髻には大きな黒水晶がはまり、垂れた玉や銀細工が煌びやかだ。上質の表着に施された寒椿の刺繍には金の縁取りがされ、贅を尽くしているのが分かる。

幼少から何度となく会っているが、年を経るごとに華やかになっている。

男性の前で素顔を晒すような粗相は決してしない姫君だが、玄武公の計らいで月夜に琴をつま弾く様や、侍女を連れて舟遊びをする様など、何度か遠目に見たことがある。

それは息を呑むような美貌で、普段周りにいる侍女や宮女たちとは全然違う。

立場上高貴な姫君の顔を見る機会もあるが、別格の美しさだった。

華蘭以上の美女を見たことはない。だがしかし……。

(先ほどの竜胆の姫君……。美しい方だった。華蘭殿の贅を尽くした美貌とはまた違う屈託のない素朴な美しさというか……)

なぜだか先ほどの姫君のことが頭から離れない。

華蘭とは全然違う魅力を感じる姫君だった。

(しかも扇を横に置いて花に見惚れているなんて……)

その無邪気さが愛らしい。

(そうか。完璧過ぎる華蘭殿が絶対見せない気さくな部分に惹かれるのか……ふふ)

思い出して笑みが漏れた。

「ずいぶんご機嫌がよろしいようですな、宮様。何か良いことでもありましたか?」

華蘭の隣に座る玄武公が尋ねた。

「あ、いえ。貴人回廊の周りに可愛い花が咲いていましたので」

「可愛い花？　今の時期ですと早咲きの寒椿か秋菊でございますかな？　しかし玄武の貴人回廊からは花壇が見えないはずでございますが」

「いえ、そのように手入れされた花ではなく、偶然生えた野花でございます」

まさに手入れされた寒椿が華蘭ならば、竜胆の姫君は自由に咲き誇る野花のようだった。

「気に入っておいでなら、後ほど摘んでお部屋に飾らせましょう」

「い、いえ。お気遣いは無用です。回廊を通る時の楽しみがなくなりますので」

あの野花は摘んで花瓶に生けるものではない。太陽の下でのびのびと咲いているから美しいのだ。

「それにしても……宮様におかれましては、先日の紅葉の宴から今日まで、さぞかし気落ちなさっているかと心配致しましたが、お元気そうでなによりでございました。華蘭もずいぶん宮様のことを心配しておりまして、本日も付き添うと聞かなかったのでございます」

紅葉の宴で兄が告げた先読みの詔は、予想に反してすべて当たった。無慈悲で冷酷な兄を廃位させる絶好の機会を失ったことは、翔司にとっても確かに痛手だった。

「お父上様ったら。宮様の前でおやめください」

華蘭が照れ隠しのように玄武公に文句を言った。

そのいじらしい様子を見て、翔司ははたと我に返った。

(私としたことが、このように私を大切に想ってくれる華蘭殿を前に他の姫君のことなど)

自分の不誠実さを恥じた。

「華蘭殿に会えたおかげですっかり元気になりました。ありがとうございます」

翔司は気持ちを入れ替えて華蘭に微笑んだ。

「ほんにお似合いの二人だこと。雛飾りのようじゃ」

御簾の中から高らかに告げる声が聞こえる。

「母上様、からかわないで下さいませ」

「いやいや、皇太后様のおっしゃる通り、微笑ましい限りでございます」

玄武公がにこやかに応じる。

今日は翔司皇子の月に一度の母君への挨拶の日だった。

それに合わせて玄武公が妹である皇太后を訪ねてくることが多いのだが、今回は華蘭も同行していた。翔司の元服が近付き、輿入れもそう遠い先の話ではない。今から絆を深めておくに越したことはない。

「されど困ったことになったものよ、兄上。本来なら今頃は各地に潜ませた間者たちが民を扇動して、帝の譲位を求めて王宮に迫り来ているはずであった。それがどうじゃ。

麒麟の都は平和に静まり返っておる」

皇太后が御簾の中で不機嫌に言い募る。

「申し訳ございません、皇太后様。朱雀と青龍の都では帝の先読みが当たったことで、扇動に応じる民が集まらず、玄武と白虎の都では多少の騒ぎを起こしましたが、帝の先読みの噂が広まり、麒麟の社の神官を中心に治められてしまいました。まったく……このような事態になるとは思ってもいませんでした」

玄武公は苦渋の表情を浮かべ弁解する。

「帝の先読みはなぜ当たったのだ？　まさか本当に天術を使えるようになったのか？」

麒麟の皇帝は天術を司るものと伝えられてきているが、そんな力など、とうの昔に無くなってしまったことは、誰よりも先帝の妻であった皇太后が一番よく知っている。

「いえ、そんなはずはございません。何かからくりがあるのでございましょう」

言い切る玄武公に、翔司は不安な顔を向けた。

「ですが大風と雷ですよ。人が操ることなど出来るでしょうか、伯父上？」

「もしやと思いますが、邪術を使ったのかもしれません」

「邪術？」

「麒麟の神官の中には、稀に特殊な神通力を持つ者が生まれると聞きます。帝が幼い頃から側に置く翠明も術が使えるようですが、もしや他にも邪術の力を持つ神官がいるのかもしれません」

「ではまさか！　兄上は自分の先読みを当てるためにわざと災害を起こさせたということでございますか!?」

翔司は信じられないという顔で玄武公に問いかけた。

「さようでございます。気に入らぬ宮女を次々に斬り捨てるような無慈悲なお方でございます。自分の地位を守るためなら、そのぐらいのことは平気でするでしょう」

「な、なんという……。我が兄上ながら……なんと卑劣な……」

翔司はあまりのことに言葉を失っていた。

「そうです。あのような帝が国を治めていては伍尭國の未来は悲惨なものとなるでしょう。一刻も早く帝を廃位させ、清廉潔白な宮様が即位せねばなりません。それが国のため、民のためなのでございます」

「ええ。覚悟は出来ています。我が兄上といえども、その悪を暴き、大衆の前につまびらかにして、正しき世にすることこそ私の使命でございます」

翔司の決意を聞いて玄武公は満足げに肯(うなず)いた。

「帝の廃位につきましては私にお任せ下さい。宮様の元服までには必ずや成し遂げてみせましょう。宮様はどうか即位された後のことだけをお考え下さい」

そこでふと翔司は気がかりなことに気付いた。

「あの……伯父上。兄上が廃位になるのはいいのですが、その場合……お后(きさき)様やその侍女たちはどうなるのでございますか？」

翔司の疑問に玄武公は怪訝な表情を浮かべた。

「お后様？　それは玄武の一のお后様のことでしょうか？」

「ええ……あ、いえ、四公から輿入れされたお后様たちのことです」

翔司は肯きかけて、慌てて言い直した。

「…………」

扇に隠した華蘭の視線が険しく歪む。

「なぜそのようなことをお気になさるのでしょうか？　玄武のお后様について何かお聞きになったのでございますか？」

玄武公が怪しむように尋ねた。

「え？　いえ、お后様のことは何も……」

翔司が聞きたかったのはお后の侍女であるだろう『竜胆の姫君』のことだった。

別にやましい気持ちからではない。ちょっと気になったのだ。

后に付いていた侍女は、帝が廃位になるとどうなるのか。

里に戻され、どこかの貴族に輿入れすることになるのか。

そう考えると、胸のどこかがちりりと痛んだ。

「華蘭殿の姉上にあたる方がお后様として輿入れされていたとは驚きですが、兄上が帝でなくなれば王宮を出ることになるのでございましょう？　離縁となられたあとは黒水晶の宮に戻られるのですか？　お付きの侍女たちも一緒に……。お后様に落ち度があったわけではないのに、若くして独り身となられるのはお気の毒な気がして……」

翔司は言葉の途中で、ふいに部屋の空気がざわめいた気がした。

そして翔司の背後でぽとりと何かが落ちたような音がした。

「？」

振り返ってみると床の間の花器にいけられた大輪の黄色い菊が、茎から首を落とすように床に落花していた。

「菊が……」

不吉な落ち方だ。椿と違って菊がこんな落ち方をするのは見たことがない。

「いやあ、本当に宮様はお優しい！」

静まり返った空気を誤魔化すように玄武公が叫んだ。

「お后様たちのことまでご心配下さるとは。皇帝となられるお方は、このぐらい博愛の心を持ち合わせていないといけませんな。さすがは宮様です。このようなお優しい方に輿入れする華蘭は幸せ者です。なあ、華蘭よ」

「…………」

華蘭は扇に隠れたまま何も答えなかった。代わりに玄武公が続ける。

「ご心配には及びません。黒水晶の宮に戻った後は、良き伴侶(はんりょ)を見つけて新たに輿入れさせまする。あの娘も非情な帝の許(もと)にいるよりずっと幸せになるでしょう」

「ではお付きの侍女たちも再び輿入れに付き添うのでしょうか？」

「ははは。侍女の心配までして下さるのですか。大丈夫でございます。心配せずとも、后も侍女もそれぞれが幸せな道を用意致します」

「それなら良いのですが……」

翔司はそれでもまだ、竜胆の姫君の行く末が気になった。

そんな翔司の様子を、華蘭が扇の隙間から燃えるような目で見つめて口を開いた。

「もう一つ……子を持たぬ后には選ぶべき道がございますわ、宮様」

「選ぶべき道？　それは何でしょう？」

翔司は華蘭の様子に気付かず無邪気に尋ねた。

「帝と運命を共にするのです。帝が島流しになれば共に流刑地へ。帝が崩御なさるようなことがあれば、共に殉死するのでございますわ」

「な‼」

翔司は思いがけない言葉に驚いた。

「皇太后様のように皇子や姫君をお持ちの后は、子の後見として王宮に残りますが、子を持たない后は愛する帝の死への旅路のお供をするのでございます。私も万が一、宮様が先立たれるようなことがあれば付き従う覚悟でございます」

「華蘭殿……」

翔司はそこまでの覚悟を持って自分に輿入れするのだという感動と別に、兄を廃して帝になるということの責務の重さに初めて気付いた気がした。

兄の廃位が万民の幸せにつながると思い込んでいたが、すべての人が幸せになるわけではない。中には大きな不運に飲み込まれる者もいるのだ。

例えば兄の一の后の侍女である竜胆の姫君も……。

后が帝との殉死や島流しを選んだとすれば……侍女も付き従うことも充分ありえる。

「いやいや、華蘭は我が娘ながら一途なところがございまして宮様も驚かれたことでしょうが、后たちは内医官と違って選ぶことができます。お優しい宮様はご心配なさるのでしょうが、后本人の望む道を進めますゆえ無慈悲な処遇になることはございません」

考え込む翔司を見て、玄武公は慌ててとりなすように続けた。

「さあ、すっかり重苦しい話になってしまいましたが、せっかく若いお二人が会えたのですから、楽しい時間をお過ごしくださいませ」

「おお、そうじゃ。折角二人が揃ったゆえに、二の間に庭を眺めながらゆっくり語り合える茶席を用意させた。二人はそちらに移るが良いぞ」

皇太后が思い出したように告げた。すぐに玄武公も応じる。

「さようでございますな。私はまだ皇太后様と大事な話があるゆえ、宮様は難しい話はこれぐらいにして華蘭とお寛ぎ下さい」

翔司はもう少し聞いてみたかったのだが、諦めて応じた。

「ええ。お気遣いありがとうございます。参りましょう、華蘭殿」

皇太后と玄武公に勧められ、翔司と華蘭は花壇を眺められる二の間に移った。

二人が立ち去った御座所で、玄武公が苦虫を嚙み潰したような顔をして皇太后に尋ねた。

「宮様はなにゆえ突然一の后の話などを持ち出したのでしょう？」

「さて、あの子が姫君の話をすることなど今までなかったが……。その一の后とは、例の行方知れずだった濤麗の娘とかいう者であろう？　平民医官が育てていたという」

皇太后は御簾の中で汚らわしいことのように眉間にしわを寄せる。

「はい。濤麗と瓜二つゆえに間違いございません。田舎の村の治療院で男装の医師見習いとして暮らしていたとのことで、思いのほか頭のいい娘です。華蘭はひどく警戒しているようでございますが、たかが娘一人と侮っておりました。しかし帝が妙に気に入っているらしく、あまり増長させないようにせねばなりません」

「ふむ。下賤の者と会う気もなかったが、帝は一時、毎日のように通っているようだった。最近は少し足が遠のいているようだが、安心はできぬ」

「はい。あの濤麗の娘でございますから、普通の娘ではないのかもしれません」

皇太后は「なるほど……」としばし考え込んだ後、告げる。

「どうせ短い后であろうと、わざわざ妾が会うほどのこともないと思うていたが……。一度見ておいた方が良いかもしれぬな……」

皇太后は何かを決意したように、御簾の中できらりと切れ長の双眸を光らせた。

翔司は二の后宮から玄武公と華蘭の輿を見送った後、皇太后の御座所で夕餉を御馳走になった。皇宮の味気ない食事と違って、皇太后はお抱えで腕のいい膳仕を置いている。母の宮で食事をするのが月に一度の楽しみだった。

やがて日が暮れて、二の后宮を辞すると、再び貴人回廊を通って皇宮に戻っていく。

ふと、来る時に竜胆の姫君と出会った場所で立ち止まる。

近従の手持ちの灯では、地面に咲く竜胆の花はよく見えなかった。

（また……ここに来れば会えるだろうか……）

そんなことを考えていた翔司の前に、遠くから燭台の灯が近付いてくるのが見えた。

自分と同じように近従を連れて、手燭の灯に導かれる青年。

「兄上……」

翔司は嫌な相手に出会ってしまったと思った。

長年、月に一度、皇太后のところに挨拶に来ているが、こんな所で会うのは初めてだ。

兄は、皇太子時代は部屋から一歩も出ない変わり者だった。

貴族との付き合いも乏しく、挨拶すべき母上も亡くなっている。

殿上会議以外で滅多に会うことなどない人だった。

「親王……」

兄が弟皇子を呼ぶ時の呼び名だ。久しぶりに聞いた。

黎司は少し驚いた顔をしたものの、皇太后への挨拶の帰りと気付いて納得したようだ。
翔司は近従たちと共に端に寄り、頭を下げて通路を空ける。

何か言葉をかけようとした黎司だったが、灯に浮かぶ翔司の険しい表情を見て黙り込んだ。二人だけの会話など、もうずいぶん交わしてもいない仲だった。

諦めて通り過ぎようとした黎司だったが……。

「こちらの后宮には、ずいぶん足繁く通っておられるようですね」

驚いたことに翔司の方から声をかけてきた。

「………」

いつも自分を避けていたはずの翔司が、どういう風の吹き回しかと振り返り見つめた。

「玄武のお后様は、私の従妹に当たられるお方です」

「言われてみれば……そうだな」

黎司は戸惑いながらも応じた。

「もしも私の従妹や、その侍女に無体なことをしたら……。大勢の宮女たちのように理不尽に斬り捨てるようなことをしたら……」

翔司は下げていた顔を上げ、黎司を真っ直ぐ睨みつけた。

「絶対にあなたを許さない！」

激しく投げつけられた言葉と視線に、黎司は呆然としていた。

そして翔司は、目を丸くして自分を見つめる黎司から気まずそうに視線をそらすと、そのまま皇宮に向かって行ってしまった。

その後ろ姿を黎司はしばらく呆けたように見つめていたが、やがて笑みを浮かべた。

（ともあれ……久しぶりに翔司と話が出来た。ずっと話しかけても無視されてきたことを考えると、関係を修復する糸口になるともいえる）

黎司は会話が出来たことを前向きにとらえることにした。

（だがしかし……翔司は鼓濤に会ったことがあるのだろうか？）

従妹とはいえ、嫌いな兄にわざわざ釘を刺すほど気に掛けていたことが意外だった。

宮女を大勢斬り殺したなどというのは、玄武公が吹き込んだ濡れ衣だったが、何度か説明してみたものの「嘘をつくな！」とかえって逆上させてしまった。

自分と違って人当たりのいい翔司は、幼い頃から多くの貴族たちに可愛がられてきた。彼らが入れ替わり立ち替わり黎司の嘘だらけの悪事を吹き込むのだから、信じろという方が無理な話だ。

自分に辛辣な態度の翔司だが、黎司は幼い頃の可愛かった弟をよく覚えている。

昔から真っ直ぐで正直で曲がったことが大嫌いな弟だった。

そんな誠実さを玄武公に利用されているのではないかと、ずっと心配していた。

◆

黎司が翔司と貴人回廊で偶然会った初秋が終わり、初冬へと季節が変わろうとしていた。満開だった竜胆は、枯れ色の花冠を閉じ蒴果を作っている。

董胡が帝の命により朱雀に赴いたのは、もはや遠い昔のことのようだった。

芥子の実から作る阿芙蓉という中毒性のある金丹を、朱雀の妓楼街に蔓延させようと目論んでいた若君はいまだに見つからず、その目的も明白になっていない。

上楼君『紫竜胆』に扮してまで若君を追い詰めた董胡だったが、今ではすっかり日常に戻り、帝の一の后・鼓濤として平穏な日々を過ごしている。

黎司は朱雀に視えていた不吉な先読みが解消され、事後処理も一段落して久しぶりに穏やかな心持ちで鼓濤の后宮を訪ねていた。

「弟宮様でございますか？」

黎司は鼓濤の御座所に腰を落ち着けると、いつものように従者に毒見をさせて下がらせた。そして二人きりになると突然この話題になった。

「うむ。玄武公の妹である皇太后様の子ゆえに、そなたの従兄ということになろう？親王は月に一度、皇太后様にご挨拶に来ているようだからな。会ったこともあるのかと、朱雀のことが落ち着いたら聞いてみようと思っていた」

「いえ……。お会いしたことはございませんが……」

董胡は御簾の中でどきりとしながら答えた。

（この方は……なぜこうも勘が鋭いのだろう）

鼓濤として会ったことはないが、侍女頭代理、董麗としてなら先日会ったばかりだ。

「な、なぜ……そのようなことをお尋ねになるのでしょう？」

まさか侍女頭代理のふりをして自分が王宮をうろうろと歩き回っていることがばれてしまっているのかとひやりとしていた。

「いや、先日会った折に親王がそなたの身を案じていたのでな」

「弟宮様が私のことを？」

意外な返答に董胡は首を傾げた。

「うむ。私が理不尽に斬り捨てるのではないかと心配しているようだ」

「そんなことを……」

確かに初めて会った時は御簾を斬られ、そのまま殺されるのではないかと思った。

だが、今はそんな方ではないことは誰より分かっているつもりだ。

少なくとも董胡の知るレイシであるならば、あり得ない。

「親王は……純粋で真っ直ぐな人柄だからな」

董胡は御簾ごしに見える帝の表情を窺ってみたが、よく見えなかった。

だが、その言葉の響きには深い愛情がこもっているように思えた。

「大事な方なのですね……」

「……」

帝は董胡の言葉にしばらく考え込んでから答えた。

「そうだな……。私の一方的な片思いだがな」

やはり先日見た弟宮の印象は正しかったのだと董胡は思った。

玄武公と組んで、腹黒い画策をするような人には見えなかった。

おそらくずるい大人たちに、寄ってたかって良からぬ噂を吹き込まれているのだろう。

弟宮への通じぬ思いを抱える帝が切なかった。

「ところで今日も膳を用意してくれたのだな」

帝の前には高盆に並べられた膳が置いてあった。

「私の薬膳師が政務でお忙しい陛下に召しあがって頂きたいと、急ぎ作ってくれました」

董胡はいつものように薬膳師から伝え聞いたように告げた。

「これは……湯豆腐か。ずいぶん華やかな一品だな」

帝は膳を見渡して鮮やかな黄と赤と緑に染まる大椀を覗き込んで呟いた。

「それは寒菊の花湯豆腐でございます。菊は不老長寿の花とも言われていますが、その花びらを散らして春菊と葱を添えています。見た目の華やかさと共に、菊花には眼精疲労を癒し、解毒、鎮静など様々な効能がございます。気の巡りを促す春菊と共に酢醤油につけてお召し上がりくださいませ」

　紅菊と黄菊の花びらが白い豆腐に散らされ、春菊と葱の緑が色彩を一層豊かにする。

　帝はさっそく匙ですくい酢醤油をつけて口に含んだ。

「ふむ。菊花酒や菊花茶は飲んだことがあるが、花びらを食すのは初めてだ。苦いのかと思ったが、心地よい甘味があるのだな」

「はい。生薬に用いる菊はもっと苦味が強いのですが、これは食用に適した種類で、苦味のあるガクと花粉を取り除いて花びらだけを使うことで更に食べやすくしています」

「うむ。葱と春菊の辛味と苦味を和らげてくれるな。豆腐ののど越しの良さも相まって、いくらでも食べられる気がする。美味いな」

　帝はさらに匙にすくって、感慨深そうに味わいながら菊の花びらを見つめた。

「黄色は麒麟を表わす色でもあり、黄菊はさまざまな行事に使われる。だが皇族の正装である緋色の袍服は本来、この紅菊に近い色であったと言われている」

「紅菊の赤？」

　朱雀の表着に使われる澄んだ赤より、紫に近い赤だ。

　しかし皇族の緋色は、もっと黄色に近い橙のような色だった。

「緋とは茜の根で染めた色を示し、茜とは赤い根だからアカネと名付けられたと聞く」

　董胡は御簾の中で肯いた。

「はい。茜の根は生薬にも使われています。茜草根と呼ばれ、解熱や咳止めなどの効能があります。確かに赤みのあるひげ根です」

「通常はそうなのだろうな。だが皇族の緋色は、皇宮の内庭にある黄金泉の脇に咲く茜の根を使って染めている。黄金泉の影響なのか時代を経るごとに黄金を帯びるようになった」

「そのようなことが……」

確かに先日会った弟宮の袍服ははっきり間近で見たが、黄金のような色みを含んでいた。

黄金泉の水には形質を変えてしまうような何かが含まれているのかもしれない。

「緋は炎の火を表わすとも言う。そして火は気によって色を変える」

「気によって……？」

「蠟燭の火、焚火の火、竈の火、炭焼きの火。火の色を問うと、人によって赤と答える者もいれば黄と答える者もいる。白と答える者もいれば青と答える者もいる。用いる場の気の状態によって色を変えるのだ」

確かにどの色を答えても、間違っているとは言えない。

「皇帝の緋色もまた、皇宮に住まう者の気の状態によって色を変えるとも言える。緋とはこの伍尭國においては、定まった色彩を持たぬ唯一の色なのだ。そして皇帝も緋のごとく時代と共に色を変え、変化を受け入れるべきものなのかもしれない」

「変化……」

レイシはもしかして、五年前の約束を成し遂げようとしているのではないかと董胡は思った。

五年前、董胡はレイシが皇太子だなどと思いもせずに、世の中を変えて欲しいと頼んだ。

貴族も平民も、男も女も、誰もが平等に夢を持てる世にして欲しいと。

だが、五歳大人になって、貴族社会の難しさを知った今では、それがどれほど無謀な願いであったかよく分かる。

自分の無邪気な言葉がレイシに重い枷をはめているのではないかと心が騒いだ。

「陛下……。私は……」

あの約束は守らなくていい。今の董胡はレイシが健やかであればそれでいい。

そう言いたいけれど鼓濤である自分には何も言うことはできない。

「おお、この料理も美味そうだな。頂くとしよう」

帝は重苦しくなった場を切り替えるように別の器を覗き込んで箸をのばした。

鶏肉としいたけの乾姜蒸し、大根としめじの旨煮、にらと卵の辛炒めなどが並ぶ。

体を温める冬の食材をふんだんに使った料理だ。

薬膳には季節ごとに弱くなる臓腑を補う役割もある。

春は肝臓、夏は心臓、秋は肺腑。そして冬は腎臓が弱りがちだ。腎が弱ると、尿の排出が遅れ解毒が滞る。長年毒の影響を受けてきたレイシには注意が必要な季節だ。

解毒が滞ると体がむくみ疲れやすくなり、免疫が弱って風邪をひきやすくなる。

少しでも腎の機能を高める食材を食べてもらいたい。

「こちらの粥は……小豆が入っているのか？」

「はい。玄米と小豆の粥でございます。滋養に優れた養生食でございます」

「玄米の粥は……食べたことがあるが、苦手だったのだがな……」

玄米粥は病み上がりの養生食として王宮の定番料理でもあったが、まったく口に合わなかったようだ。帝は少し不安な様子で一口頬張った。そして驚いたように呟いた。

「美味い……」

もう一口食べて、やはり美味いと確認した。

「不思議だ。あれほど苦手な粥だったのに……」

「白飯に慣れている方は玄米が苦手と聞きましたので、少し炒っております。炒ることで香ばしい風味が加わり小豆のほっこりとした食感と共に食べやすくしております」

「なるほど……」

深く肯いてから、帝は「ふ……」と笑いを漏らした。

「そなたは、いつも自分で作ったように言うのだな。薬膳師にずいぶん細かく教え込まれているようだ」

「!!」

董胡はまたやってしまったと気付いた。

料理のことになると、つい夢中になって薬膳師・董胡に戻ってしまう。

「す、すみません。つい食材の効能を聞いているうちに自分が作ったような気になってしまって……」

「謝る必要はない。料理と共にそなたの蘊蓄(うんちく)を聞くのもまた楽しみなのだ。美味い料理とそなたの蘊蓄が揃って、一層心身が整うような気がする」

「陛下……」

その言葉が嬉(うれ)しいと共に、どちらも本当は同じ董胡なのだと隠している罪悪感が疼(うず)く。

「女官頭の叡条尚侍(えいじょうないしのかみ)の話では、他の后(きさき)に比べてそなたは衣装や宝飾品の用命がほとんど無いと聞く。せっかく一の后として王宮にいるのだから、遠慮せずに欲しいものを注文するがよいぞ」

「い、いえ……もう充分持っておりますので……」

平民育ちの董胡は、ずっと普段着と医生の服の二着しか持っていなかった。それに比べると玄武の宮から嫁入りに持ち込んだ衣装だけでも充分すぎるほどだった。

華蘭のお古なのかもしれないが、董胡にとっては豪華すぎるものばかりだ。

「ふむ。その様子では一生用命しそうにないな」

帝は考え込んでから再び口を開いた。

「では私が見立ててそなたに贈ることにしよう」

「え？」

「そなたと薬膳(やくぜん)師にはずいぶん世話になっている。何か礼をしたいのだ」

「い、いえ。そのようなこと……。私も薬膳師も今のままで充分満足しております」

それでなくとも罪悪感でいっぱいなのに、これ以上のことを望むつもりもなかった。

「そういうそなただから……一層なにかしたくなるのだ」

「陛下……」

熱を込めたように言うレイシに、半分罪悪感を持ち、半分心のどこかが浮かれている。

この軽薄な心持ちをどうにかしたいと思うのに、勝手に湧いて出てくる。心の隅に追いやって見えないように、気付かないようにしたいのに、レイシに会うとむくむくと表に現れてくる。いつか抑え込めないほど大きくなってしまうのではないかという不安に揺れながらも、結局それ以上断ることはできなかった。

「仕立てに少し時間がかかるが楽しみに待っているがいい」

「あ、ありがとうございます」

帝はその後、膳を食べ終えると、夜半に皇宮に帰っていった。

まさかこれが穏やかに玄武の后宮で過ごせる最後の夜になるとは思いもせずに……。

董胡もまた、予想もしない事態が待ち構えていることに少しも気付いていなかった。

董胡が皇太后からのお茶会の誘いを受けたのは、その翌日のことだった。

后宮に入ってから何度拝謁伺いの文を渡しても無視され続けてきたというのに、なぜ今頃になって急に……と思ったが、誘われたのだから行かねばならない。

しかも文には玄武公をはじめ、華蘭や雄武まで招待していると書かれていた。

董胡にとってはまったく楽しくない顔ぶれだ。

日が近付くにつれ憂鬱(ゆううつ)になっていた。

三、皇太后のお茶会

いよいよ皇太后のお茶会の日が来てしまった。

茶民と壇々は蒼白になって部屋の中をうろうろ歩き回っている。

「二人とも落ち着いて。本来ならもっと早い段階で済ますべきことだったんだ」

皇太后からお茶会の誘いの文が来て以来、二人は落ち着かない様子だった。

「謁見の手順は一応習ってきたでしょ？　その通りやれば大丈夫だよ」

そうは言ってみたものの、あの玄武公の妹だ。しかも玄武公や華蘭、雄武までいる。

玄武公は時々訪ねてきていることから、親しい関係であるのは分かっていた。

嫌な予感しかしないのだが、それを言うと二人の侍女がもっと動揺するので、董胡だけでもどっしり構えているしかない。

「と、とにかくお着替えを致しましょう」

「華美過ぎず、地味過ぎず、無難な衣装と髪形にしなくては」

茶民と壇々は、頭を悩ませながら最良の準備をしてくれた。

そして案内のあった昼過ぎに、皇太后の住まう二の后宮へと向かった。

「此度はお目通りが叶い、恐悦至極にございます」

御簾の前で董胡を真ん中に、左右の後ろに茶民と壇々を従えて挨拶をした。

扇も着物も玄武の正装を意識した黒ずくめの三人だ。

帯と襟は秋の終わりを意識した唐茶色と小豆色で合わせた。

皇太后の御簾の左右には華やかな扇を持つ侍女が四人も並んでいる。

扇で顔は見えないが重ねて広がる衣装も若々しく粋な装いだ。

そして座敷の左側には玄武公、雄武、華蘭の順で並んで座っている。

挨拶をする董胡のちょうど真横に雄武がこちらを向いて座っていて、その視線が突き刺さるような気がした。なるべく雄武に横顔が見えないように扇で隠しているが、凝視されている気配は感じる。

「ふむ。そなたが濤麗の娘か」

女性にしては低く重みのある声だ。後ろの茶民と壇々が緊張しているのが伝わってくる。

「しかし……皇帝の一の后ともあろうものが、地味な装いよのう。どこぞの年寄りが訪ねてきたのかと思うたわ」

皇太后が言うと、侍女たちが扇の中でくすくすと笑った。

「襲の色目も知らぬ無作法な侍女しかおらぬようですこと」

「季節は先取りするのが基本。冬が始まろうとしているのに秋色とは無粋なことじゃ」

呆れたような皇太后の言葉に茶民と壇々が動揺しているのが分かる。

董胡は料理の季節感には詳しいが、衣装の色目には興味もなく知らなかった。

反射的に壇々が蚊の鳴くような声を発した。

「も、申し訳ございませ……」

しかしその言葉が終わる前に皇太后の侍女の声がぴしゃりと響いた。

「お黙りなさい!! 誰が言葉を発してよいと言った! 無礼者が!」

「ひ、ひいい……すみませ……あ……ごめんなさ……あわわ……」

もう慌て過ぎて、謝った方がいいのか黙った方がいいのか分からなくなっている。

これはまた壇々が知恵熱を出すかもしれないな、と董胡は意外に冷静だった。

長く男装姿で周りを欺いてきた図太さなのか、どうも極限に追い込まれると却って平静を取り戻すようなところが董胡にはあるのだ。

「私の侍女が失礼を致しました。お許しくださいませ、皇太后様」

董胡が代わりに謝ると、皇太后は御簾の中で黙り込んだ。

侍女たちがこそこそと扇の中で耳打ちし合っているのが聞こえる。

董胡にも無礼だと怒鳴りたいところなのだろうが、さすがに一の后に怒鳴るのは憚られたらしい。

「そなた……医師の免状をもらったらしいな。医術が使えるのか」

皇太后は董胡に尋ねた。

「いえ……お父上様のご厚情で免状を頂いただけでございます。医術と言えるほどの実力はございません」

「ふ……む。そうであろうな。平民育ちの者がまともな医術など使えまい。幼少から勉学に励んだ貴族の子息ですら試験に受かるのは難しいと聞く。育ちの卑しい者が簡単に試験に受かろうはずもない」

全然現実を知らないのだな、と董胡は思った。

貴族の子息は緩い基準で試験に合格できる。平民が試験に受かるためには、国に幾つかある皇帝直属の麒麟寮の厳しい入寮試験に受かる必要がある。さらに麒麟寮に入ってからも実習生になるために難しい試験の連続だ。そして実習生になってようやく医師の試験を受けることができる。麒麟寮から医師になった者は、国内で最も優秀だと言われていた。

特に先帝が作った斗宿の麒麟寮は設備も新しく、国中の優秀な平民が集まってくる。その名声を求めて、貴族の子弟が実習生に編入されてくるのだ。

だが、もちろんそんな本音を語るつもりはない。

「はい。私の免状は漆の小箱に入れて眺めるためだけのものでございます」

実際は王宮に来てからも使いまくっているのだが、知られるわけにはいかない。

「さようでございます、皇太后様。皇帝の一の后（きさき）が男と偽って医師免状を得たなどと知れては大問題ですからな。無用の長物とはいえ、これまで生きた証を授けてやろうという親心でございます」

玄武公が恩着せがましく言った。

「ほほ……なるほど。兄上も優しいお方じゃ。冥途の土産にするがいい」

「………」

冥途……と言った。

董胡はぎょっとして扇の隙間から御簾の内を見つめた。

やはり早々に帝もろとも抹殺するつもりなのだろうか。

堂々と言い捨てるあたり、完全に舐められている。

「そうであった。今日は良いものが手に入ったのでそなたを呼んだのだ」

皇太后は思い出したように言って、侍女に命じた。

「例のものを出すがよい」

侍女の一人が立ち上がり、外に控えていた侍女たちを呼んだ。

侍女たちは列になって手盆を持ち、玄武公、雄武、華蘭の前に進み出た。そして最後の一人が董胡の前まで進み出ると、手に持っていた盆をそれぞれ目の前に置いて立ち去った。

盆の上には高そうな焼きの茶碗がのっている。

「これは『黒露の玉』という。なかなか手に入らぬ銘柄茶をそなたに飲ませてやろうと思うてな。茶の香りと苦味を存分に味わえるように点てたばかりの濃茶だ」

茶碗の中には緑が深すぎて黒くどろりとした液体がたっぷり入れられている。

黒水晶の宮で茶の作法についても一通り教わっていたが、出された茶はきちんと飲み干すのが礼儀だと聞いた。習った時に少し飲んだが、濃茶に慣れていない董胡には苦い薬より飲みにくかった。

しかもこの量は常識外れだ。一口で飲み干せる分量ではない。

ちらりと雄武の前の茶器を扇の隙間から覗いてみると、董胡のものよりずっと薄く溶かれた少量の茶が入っている。明らかに董胡のものとは違う。

「平民育ちのそなたが一生口にすることなどなかったであろう贅を尽くした茶だ。遠慮せずに飲むがよい。兄上たちもどうぞお飲みください」

「…………」

董胡は扇の中から喉につかえそうなねっとりとした液体を見つめた。

「ほう。これは素晴らしい。なんと濃厚な味わいでしょうか」

玄武公がさっそく飲み干して満足げに呟いた。

続いて雄武が緊張の面持ちで茶を飲み干し「結構なお服加減でございます」と定番通りの言葉を告げた。久しぶりに雄武の声を聞いた。

麒麟寮ではいつも取り巻きを引き連れて、先生に対しても態度が大きく物怖じもしなかっただけに、これほど緊張した声は初めて聞いた気がする。

雄武も玄武公や皇太后を恐れているらしい。平民の親子のような気楽さは微塵も感じない。この場のすべての人に緊張しているよそよそしさがあった。

そんな緊張の場に、なぜわざわざ麒麟寮を数日休んでまで茶を飲みにやってきたのか。

扇の中で怪しむ董胡に、雄武の視線がちらりと向けられた。

「!!」

目が合った……ような気がしたが、もちろん向こうからは扇に隠れてこちらは見えない。そしてすぐに逸らしたはずの雄武の視線は、再び董胡を凝視している。

じろじろと見つめられる視線が落ち着かない。

(やっぱり私を嗤いにきたのか。そして麒麟寮のみんなに女装する私のことを面白おかしく話すつもりなのだろう)

それを想像すると、羞恥なのか怒りなのか分からない感情が沸き上がる。

麒麟寮のみんなは、男として友情を育て楽しいことも辛いことも共有した仲間たちだ。

もし董胡が女だと知ったなら……みんなは騙されたと怒るだろうか。それとも女のくせに医師になろうなどと図々しいと呆れるだろうか。あのかけがえのない医生としての楽しかった日々が、黒く塗りつぶされていくような悔しさが心に広がる。

もしも嗤い話の種にしようと思って来たのなら……今日ほど雄武のことが嫌いになった日はない。なんとしても扇を下げたくない。雄武に顔を見られたくない。

だが普通の謁見と違いお茶席は、一瞬とはいえ扇を下ろして顔を出さなければならない。

平民以下の者や男性に顔を晒すことのない貴族の姫君だが、身内の男性の前では扇を外すことを許されている。ここに一人でも身内以外の男性がいれば、華蘭も鼓濤も仕切られた御簾の中でお茶を飲むことができたのだが、この場では扇を置くしかない。

おそらくそのために普通の謁見ではなくお茶席にしたのだろう。

雄武に続いてその隣に座る華蘭が、するりと扇を閉じて横に置き皇太后に一礼する。

董胡は扇の隙間から、初めて間近にした華蘭の顔を見つめた。

以前は御簾ごしだったが、やけにはっきり見えたその顔と印象は同じだ。

確か董胡よりも一歳年下だと聞いたが、すでに大人の色香をまとった美貌に息をのんだ。

何か女性として圧倒的に敵わないものを持っているような気がする。

両手で茶器を持つ仕草も、くいっと飲み干す様も、器のへりを拭う動きさえも、すべてに無駄がなく完璧な美を備えている。

「まことに素晴らしい銘茶でございました」

華蘭は皇太后に告げてから、董胡の方を上目遣いに睨みつけた。

つ……と董胡の頬を鋭い風がすり抜けたように感じた。

（まただ……）

黒水晶の宮で会った時も妙な風を感じた。あの時は頬にかすかな切り傷までできた。

（なんだろう。この妙な気は……）

ひどく攻撃的な強い圧を感じる。

やがて華蘭が扇を開いて視線を逸らすと、平常の気に戻った。

やはり華蘭から発している何か……なのだと、ぞわりと背筋が凍るような気がした。

「さあ、華蘭様もお召し上がりくださいました。次はお后様もどうぞ」

「皇太后様はほんにお優しい方ですこと」

「我らでも滅多に飲ませて頂けない高級茶ですよ」

「お后様も遠慮なさらずにお召し上がりくださいませ」

侍女たちがくすくす笑いながら勧めてくる。

これは董胡が濃茶にむせる様子を楽しむための単なるいじめなのか。

それであるなら、むしろいい。

先ほどの皇太后の冥途の土産という言葉。それをまともに受け止めるなら、毒入りの茶だと考えた方が自然な気もする。

（まさかこんなに堂々と毒殺するつもりなのか？）

だが皇帝をも何度も暗殺しようと謀ってきた玄武公の妹だ。充分ありえる。

死体を検案するのは玄武公の配下の医師たちだ。どうとでも誤魔化せる。

医を司る玄武公だからこそ、どんな相手でも咎められることなく毒殺できるのだ。

「どうした？　私のふるまう茶が飲めぬと申すか？」

董胡の額にじわりと汗があふれた。

（どうしよう。飲むしかないのか？　断ったらどうなる？）

「早ようお飲みくださいな、お后様」

「皇太后様に失礼でございますわよ」

どうすればいいのか、と董胡は目まぐるしく考えた。

「早よう飲まぬか！　せっかく点てたばかりの茶を出したというのに、味が落ちてしまうではないか！」

皇太后がわざと強い口調で追い詰める。

「鼓濤様……」

後ろの茶民が中々飲もうとしない董胡に、焦って小声で催促する。

侍女二人はこれが毒かもしれないなどとは微塵も思っていないのだろう。

董胡は悩んだ挙句、口を開いた。

「畏れながら、お尋ねしてもよろしいでしょうか、皇太后様」

董胡の突然の発言に、しんと部屋が静まり返った。

「なんじゃ？　申してみよ」

皇太后は御簾の中で、少し試すような口調で答えた。

「この濃厚な緑の茶は、特殊な環境で育てられた碾茶を茶臼で挽いたものではないかとお見受け致しました」

「うむ。確かに。特別な茶畑で育てた磚茶というものだと聞いている。それがどうした？」

「私が医生として斗宿の麒麟寮にいたことはご存じでしょうか？」

「斗宿かどうかは知らぬが、麒麟寮にいたとは聞いている。それがどうしたというのだ！」

皇太后は脈絡のない話にいらいらと声を荒らげた。

「斗宿の麒麟寮は、先帝の意向により薬膳師を育てることに力を注いでおりました。ゆえに授業も薬膳に関わるものが多く、特に貴人が嗜むことの多い茶の種類や効能は詳しく勉強しておりました」

「……………」

皇太后はまだ董胡が何を言いたいのか分からず黙り込んだ。

「茶は『養生の仙薬、延齢の妙術』と称され、健康と長生きの万能薬と言われております」

「ならば感謝して飲めば良かろう。そなたの知識など聞いておらぬわ！」

いらいらする皇太后を援護するように周りの侍女たちも口を挟む。

「いいかげんになされませ」

「皇太后様が本気でお怒りになる前に、早よう飲まれてはいかがですの」

だが董胡は続けた。

「特に磚茶は貴人だけが飲む最高級の茶ゆえ、処方には慎重を期すように、扱いを間違わぬようにと厳しく教え込まれました」

「何が言いたい？　この茶が体に悪いと申しているのか？　妾がそなたのためにわざわざ点てさせた茶を毒だと……まさかそう言っているのではあるまいな！」

「な、なんという無礼な!!」

「皇太后様に対して恐ろしい暴言ですぞ！」

皇太后と侍女に続いて玄武公も声を荒らげ、立ち上がった。

「いえ、これほどの銘茶を飲んだことはございませんが、おそらく五臓六腑を潤す素晴らしい薬膳茶だと思います」

「ええい、くどくどしい！　ならば早く飲めば良かろう!!」

皇太后の怒りは頂点に達していた。

後ろの茶民と壇々がその剣幕に息を呑んでいる。

「我が娘といえども、これ以上の無礼は許せませんぞ。まずは扇を置いて皇太后様に謝るべきと心得ますが、いかがでございますかな？　鼓濤様」

玄武公は勝ち誇ったように董胡を見下ろし、にやりと笑って告げた。

だが董胡は平静を保ったまま続けた。

「されど磚茶はその効能が豊か過ぎるゆえに、飲んではいけない者がいるのでございます」

董胡の言葉に、一瞬部屋がしんと静まり返った。

しかしすぐに玄武公が呆れたように嘲笑った。

「はは。飲んではいけない者だと？　五臓六腑を潤す万能茶を飲んではいけない者などおらぬわ！　それがそなただとでも言うのか！」

董胡は落ち着いて答えた。

「はい。今、国中で一番飲んではいけないのが私でございます」

「なんだと？　そなただけが飲めぬと言うのか？　ふん、ばかばかしい！」

今まで黙って様子を見ていた華蘭も、呆れ果てたように口を開いた。

「適当な嘘をおっしゃるものではございませんわ、お姉様。男と偽るような嘘を平然とついていらした方ですから、嘘つきが身についていらっしゃるようですけど、皇太后様にまでそのようなくだらぬ戯言をおっしゃるとは。恐れを知らぬ恥知らずですこと」

「ほんに華蘭さまのおっしゃる通りですわ。これだから卑しい暮らしをしてきた方は信用できないのです」

「お后様だけが飲めない茶などあるはずがないですわ。何を言い出すのかと思えば。ほほほ」

皇太后の侍女たちが嘲笑を交えて同調する。

だが董胡はあざけりの中で静かに答えた。

「畏れながら、懐妊の可能性がある者だけは飲んではいけないと習いました」

「な!!」

董胡の言葉に部屋中の全員が唖然と言葉をなくした。

「碾茶を好む姫君の流産の事例が高い頻度で確認されたと文献に載っておりました。ゆえに斗宿の麒麟寮で習った医生は、懐妊の可能性のある婦人には決して処方致しません」

「つまりそれは……」

董胡が妊娠しているかもしれないと、暗に答えている。

しかも腹の子は伍尭國の皇帝の子で間違いない。

うっかり口に入れたもので流してしまうことは、飲んだ者も飲ませた者も重い罪になる。

「ま、まさかそのようなこと……」

皇太后の侍女たちが扇の中で顔を見合わせている。

(これで引き下がってくれるだろうか……)

董胡はじわりと滲む汗を感じながら、また大それた嘘をついてしまったと思っていた。

華蘭の言う通り、嘘つきが身についてしまったのかもしれない。

だが嘘をつかなければ医師の免状を手に入れることはできなかった。

嘘をつかなければ、この茶を飲んで毒殺されてしまうかもしれない。

誰かを傷つけたり陥れたりするための嘘ではない。自分を守るために仕方なくついた嘘が罪になるというなら、甘んじて受け止める。神がそれほど無慈悲であるというなら、この世界に自分の居場所など最初からなかったのだろう。

嘘をついた自分を恥じるつもりなどない。誇りを持って罰を受ける。その覚悟だった。

その時、ふいにぐらりと体が浮き上がるような気がした。

(!?)

突き刺すような視線を感じて見ると、華蘭の燃えるような目が董胡を睨みつけていた。

「よくもそのような詭弁を……」

華蘭が呟くと同時に、董胡の扇が強い風に吹かれたように手からこぼれた。

「あっ!」

扇を落として顔を晒してしまった董胡を、雄武が驚いたように見つめている。

慌てて扇を拾い上げ再び顔を隠したものの、しっかりと顔を見られてしまった。

雄武はまだ董胡を凝視したまま放心している。

本当に麒麟寮の董胡だったと確認したのだろう。

「…………」

董胡は悔しげに唇を噛みしめ、まだこちらを見ている雄武を牽制するように告げた。

「詭弁と仰せなら、そちらに座る雄武様にお尋ねください。同じ麒麟寮で共に学びました。優秀な雄武様なら、よくご存じだと思います」

半分やけになっていた。腹立ち紛れに雄武を巻き込んでやるつもりだった。

違うというなら必死に学んだ学問を否定することになる。それはきっと座学に矜持を持つ雄武にとって何よりも屈辱のはずだ。自分の半分でも傷つけばいいと思った。

全員の視線が雄武に向かう。

「え……」

雄武は突然自分に話を振られて動揺している。

「どうなのですか？　兄上様」

華蘭がこれで勝ったとばかり微笑を浮かべて雄武に尋ねた。

「はっきりおっしゃってくださいませ。適当にこじつけて言っている出鱈目だと」

違うと言えという圧を含めて、華蘭が雄武を問い詰める。

(雄武が違うと言えば……この茶を飲まねばならないのか。でももし毒だったら……)

そして気付いた。

もしかして雄武は、董胡が女装していることを嗤いにきたのではなく、毒を盛られて息の根を止められる姿を見届けるために来たのだったか……と。

それならばわざわざ麒麟寮を休んでお茶席にやってくる理由も分かる。

(そこまで私を憎んでいたのか？　試験の成績が上だったというだけで？)

いや、思い返してみれば雄武は麒麟寮で出会った最初から董胡に敵対心を持っていた。

ずっと目障りに感じているのは分かっていた。

(だから完全に抹殺される姿を確認するために来たのか？　なんて嫌な男だ)

どんどん悪い方向に想像が膨らみ、雄武に対する怒りが湧いてくる。

結局亀氏という絶対的権力の下で、医師としての未来も命さえも奪われるしかないのか。

立場が弱い者はどこまでも言いなりになって最後は殺されるしかないのだ。

(絶対に思い通りに死んでなどやるものか!)

董胡は拳を握りしめ、雄武が違うと答えたらどうやってこの場を逃げ出そうかと目まぐるしく考えていた。しかし……。

「確かに……。濃すぎる碾茶は子を流す可能性があると学びました」

「!?」

驚いたことに、雄武は緊張に震える声ではっきりと言い切った。

まさか……と董胡が思うよりも玄武公と華蘭の方が驚いているようだった。

「な……なにをおっしゃっているの、お兄様」

「雄武……そなた……」

華蘭に続いて咎めようとする玄武公の言葉を遮るように雄武はさらに断言した。

「麒麟寮で学んだ医師として……お后様は飲むべきではないと判断致します」

「…………」

しん……と場が凍りついた。

(なぜ……?)

玄武公に対する脅威よりも学問への矜恃を選んだということなのか……。

膝の上で握りしめた雄武の拳は震えている。そこにあるのは怒りではなく怯えだ。両側から睨みつける玄武公と華蘭に怯えている。

それほど怯えながら、なぜ董胡を庇うようなことを言ったのか。

「うぬ……」とにがりきったような玄武公の呟きが聞こえた。

その声に雄武がびくりと肩を震わせている。蒼白になって顔を上げることもできないようだ。気まずい沈黙が続いている。

なんだか分からないが、董胡はここが絶好の引き時だと慌てて告げた。

「雄武様もこのようにおっしゃっています。ゆえに大変ありがたいご厚意でございますが、万が一のこともございますれば、遠慮させて頂きます。申し訳ございません」

「……」

結局、皇太后はそれ以上、董胡に強要することは出来なかった。

そうして、ぴりぴりとした空気の中で、初めての拝謁は終了した。

ようやくお茶席から解放された董胡は、型通りの挨拶と無難な贈り物を置いて二の后宮を出て、自分の宮に向かう回廊を歩いていた。

その背に駆け寄る足音と共に「董胡！」と呼ぶ声が響いた。

「……」

董胡は気付かぬふりをして歩を進める。

しかし声はどんどん近付いてきて背後に迫っていた。

「董胡！」

「あ、あの……鼓濤様……」

後ろについていた茶民と壇々が困ったように呼び止める。そして道を空けるように脇に控えた。仕方なく董胡は立ち止まり振り返った。

「董胡……。待ってくれ……」

雄武が息を切らして董胡の目の前に立っていた。

「董胡？　誰のことでしょう？　そんな名の者はもういない。あなた達一族が葬り去ったのでしょう？」

董胡は扇を下ろし、雄武をまっすぐ睨みつけた。

「董胡……。違う……。違うんだ」

雄武はまっすぐな憎しみを向けられて動揺していた。

「何が違うのです。現に私は麒麟寮に戻ることも出来ず、医師の道を断たれた。目障りな私が消え、思い通りになって満足ですか？」

「わ、私が謀ったことではない。私はこんなことになるなんて思ってもいなかった。でも、生きていて良かった。君が生きていて私は安堵したんだ」

「何が良かったのですか？」

「え……。だって君にとっても良かったんじゃないのか？　平民の貧乏医師になるよりも皇帝の后だよ？　君が女性だったと聞いた時は驚いたけど、亀氏の娘で私の妹だ。伍尭國では誰もがひれ伏す身分になったんだ。君が死んだのかと思った時は罪悪感でいっぱいになったけど、むしろこの方が良かったじゃないか」

「………」

董胡は能天気な雄武の言葉を無表情のまま聞いていた。

「確かに貴族は堅苦しい部分もあって、父上や皇太后様は恐ろしいところがあるけれど、私も妹となった君を守るよ。さっきだって……」

「私を救ったと言いたいのですか？」

「だってそうだろ？　君はあの苦いお茶を飲みたくなかったんだろ？」

雄武はどうやらあの茶に毒が入っている可能性は考えていなかったようだ。

ならば息絶える董胡を見届けにきたのではなかったらしい。

麒麟寮のみんなに言いふらして嗤い話にするつもりもなさそうだ。

勝手に董胡が想像して、勝手に雄武への憎しみを膨らませていただけだった。

そう分かったのに……。それなのに。

怒りだか憎しみだか分からない感情が湧き出てくる。

「思い返してみれば麒麟寮にいた頃から、やけに綺麗な顔をしていると思っていた。女性だったとは……。あ、いや。麒麟寮の誰にも言ってないから安心してくれ。でももしみんなが知ったら驚くだろうな。しかも皇帝の后だなんて……え……？」

楽しげに話す雄武の言葉が突然途切れた。

つ……と董胡の目から涙がこぼれていた。

「な!? え? ごめん。私は何か悪いことを言ったか? 気を悪くしたなら許してくれ、董胡」

おろおろと謝る雄武に、董胡は冷ややかに言い捨てた。

「二度と……私の前に現れるな!」

「…………」

呆然とする雄武を置き去りに、董胡は身を翻して自分の宮へ歩き出した。

「こ、鼓濤様……」

「あの……し……失礼致します、雄武様」

茶民と壇々はどんどん歩き去る董胡に戸惑いながら、雄武に挨拶して追いかけた。

少し落ち着いてから気付いた。

何にこれほど腹を立て、何に悲しんでいるのか。

昔と変わらぬ日常に帰っていく雄武にいらいらする。

麒麟寮でこれまで通り学友たちと過ごせる雄武が腹立たしい。

医師への道を堂々と進んでいける雄武がたまらなく憎々しい。

「私は……雄武が羨ましかったんだ……」

菫胡が二度と戻れない場所に、あの頃と変わらぬ居場所を持つ雄武が……。

もう菫胡には永遠に叶わぬ道に戻れる雄武が……。

ただの八つ当たりの醜い妬みだった。

そんな黒々しい自分に気付いて、少し言い過ぎてしまった後悔と共に、どうしようもなく惨めな気持ちが心の中を鈍く満たしていた。


一方、皇太后の二の后宮では気づまりな空気が漂っていた。

菫胡が拝謁を終え部屋を出た後、雄武が急に「しばし中座致します」と告げて立ち去った。中座といえばたいていは厠に行くことだが、厠ではないなとみんな分かっている。

「そなたの次男……、雄武と言ったか。久しぶりに会うたが大きくなったな」

皇太后の宮に雄武が来たのはずいぶん昔のことだ。玄武公は華蘭や嫡男の尊武は節目の挨拶などに連れて来るが、次男となれば皇太后にとっては無用の者だった。

「はい……。年は重ねても尊武と違い、いつまでも子ども気分が抜けず青臭い正義感で融通の利かぬところがございまして……」

玄武公は苦々しく眉間にしわを寄せ答えた。

「なにか……后に弱みでも握られているのか……」

「い、いいえ。そのようなことはないはずですが……」

玄武公は否定したが、使えない息子だと心の内は煮えたぎっている。

「雄武お兄様は肝心な時に役に立たないのですわ。昔からどこかずれているのです」

華蘭が言う。

そのずれこそが善意と呼べるものかもしれないが、この場でそれを感じる者はいない。

「ふ……む。しかし宮様といい、雄武といい……あの者には人を狂わす何かがあるのやもしれぬな。あの濤麗の娘じゃ。侮れぬぞ」

「はい。帝の寵愛を受け増長しているようでございます。その上懐妊の可能性があるとなれば……」

「うむ。野放しにしておくのは危険じゃ」

「では……やはり……密かに始末致しましょうか」

玄武公は多少の逡巡を含んで答えた。

「良いのか？」

「は？」

皇太后の問いに玄武公は怪訝な表情で聞き返した。

「濤麗の娘じゃぞ。束の間であったが、はっきり見た。瓜二つであった」

何を聞かれたのか気付いた玄武公は、恥じるように目を伏せ絞り出すように答えた。

「濤麗の娘であれば尚更……裏切り者の血を引いているということです」

凍てつくような暗い目には、まだ癒えぬ怒りの炎が渦巻いていた。

「ふ……む。なるほど……」

皇太后は玄武公の様子を注意深く見つめ、しばし考え込み御簾の内でにやりと笑った。

「ならば良いことを思いついた」

そうして雄武が席を外している部屋で、新たな策謀が生まれようとしていた。

◆

一の后宮に戻ってきた茶民と壇々は、様々な緊張から解き放たれてすっかり脱力していたが、思い出したように騒ぎ出した。

「そんなことよりも……腑抜けている場合ではございませんでしたわ」

「なんと、おめでたい！　そういうことなら、もっと早く言って下さいませ、鼓濤様」

「いつの間に陛下とそのようなご関係に……」

「ああ、産着の用意をせねばなりませんわ。これから忙しいですわね」

うきうきと晴れやかに言う。

茶席で皇太后に懐妊しているかのように言ったことを思い出したらしい。

「いや、嘘だから。懐妊の可能性なんてないよ。あり得ないことなのは、二人が一番よく知ってるでしょ？」

帝と鼓濤の間にそんな親密な時間などあったはずもない。

「えっ!?　嘘なのでございますか？　まさか皇太后様にそんな大それた嘘を？」

「ひいいい。なんと命知らずな……。恐ろしや……」

茶民が青ざめ、壇々は気を失いそうになっている。

どうやら二人は本当に董胡が懐妊しているのかもと信じたらしい。

二人ともどうすれば懐妊するのか、あまり分かっていないようだ。

殿方を御簾に引き込めば、或いは手を繋げば懐妊するとでも思っているのかもしれない。

やれやれと董胡は肩をすくめた。

「鼓濤様の破天荒にはついていけませんわ」

「もしも嘘だとばれたらどうなさるのですか。ああ、恐ろしい」

「大丈夫だよ。二人が言わない限りばれないよ」

董胡は開き直って答えた。

「で、ですが産み月が近付いてもお腹が大きくならなければばれてしまいますわよ」

「誰も懐妊したとは言ってないよ。懐妊の可能性があると言っただけだ。月のものが来てしまいましたと言えば済むさ」

「もう、鼓濤様ったら」

「なんと豪胆な……」

あとは帝が言わなければだが、目の敵にしている玄武側の者にそんな個人的なことを言うはずもない。

「そんな恐ろしい嘘をつくぐらいなら、お茶を飲まれればよろしかったですのに」

茶民は少し責めるように言う。

「二人とも、あのお茶に毒が入っているとは思わなかったの？」

「えええっ⁉　まさか！」

「いくら皇太后様でも姪にあたる鼓濤様をそんな……」

「それに陛下の一の后様ですのよ」

「考え過ぎでございますわよ」

確かに考え過ぎだったのかもしれない。

でも可能性はないとは言えない。

二人の侍女は皇太后を恐れている割に、まだまだ考えが甘い。

レイシは以前、王宮は董胡が思うよりもずっと恐ろしい場所なのだと言っていた。

常に最悪の事態を想定して、自分の身は自分で守らなければ、簡単に葬られてしまう。

もしあの茶を飲んで体調を崩しそのまま逝ってしまったとしても、病気で死んだのだと言われてしまうのだろう。死因を決めるのは玄武の医師だ。玄武公ならば何とでもできる。

（鼓濤よりも立場が上の者に会うのは警戒しなければ……）

それを肝に銘じた拝謁だった。

四、薬庫の再会

皇太后のお茶会の翌日、案の定、壇々は熱を出した。

緊張が限界を超えると壇々は知恵熱のようなものを出す体質のようだ。熱を出すことで、心の健康を保っているのだろう。

董胡は足りない薬剤をもらうために、医官姿に着替えて薬庫の万寿(まんじゅ)を訪ねた。

万寿は王宮の薬庫で働く平民医官だが、麒麟の都の玄武街に家を持つ通いの役人だ。

玄武の后付き医官の董胡でいる時に、薬草好きの気が合う相手として懇意にしている。

「おう！　久しぶりじゃねえか、董胡。どうしてたんだ？」

「うん。ちょっといろいろあってね」

万寿とは朱雀に行く前に、竜胆の根をおすそ分けするために来て以来だった。

「ふーん。今日はどうしたんだ？　病人か？」

「うん。肝気の停滞からくる熱だと思うんだ。柴胡(さいこ)と半夏(はんげ)と黄芩(おうごん)と……。それから山梔子(さんしし)ももらっておこうかな。ついでに葛根(かっこん)も本格的に冬が来る前に欲しいな。あ、甘草(かんぞう)ももう少し手元に置いておきたい」

「おう。待ってな。一番いいものを揃えてきてやるよ」

万寿は奥に行って、すぐさま色つやのいい生薬を出してくれた。万寿はいつも融通を利かせて処方に関係のない生薬は出し渋ることもあるらしいが、万寿はいつも融通を利かせてくれるのでありがたい。

「そうだ。万寿にお土産があったんだ。これ、あげるよ」

董胡は懐から薬包紙を取り出して台机の上に置いた。

「お土産？　なんだ？」

万寿は首を傾げながら包みを開いて瞠目した。

「な！　これはまさか！」

「うん。冬虫夏茸だよ」

朱雀で再会した楊庵が、斗宿の家から持ち出してくれたものの一部だ。

幼虫の頭から茸が生えているような不気味な見た目だが、効能が高く希少なことから貴族医官の間で高値の取引がされている。平民には手の届かない高額生薬だ。

二つだけだがいつもお世話になっている万寿にあげようと持ってきた。

「す、すげえ！　久しぶりに目にしたよ。しかもこいつはいい代物だな」

「以前住んでいた家の裏山でたくさん採れたんだ。その頃貯めていたものが手元に戻ってきたからさ」

「い、いいのか？　俺がもらっても？」

万寿は心底嬉しそうに冬虫夏茸を眺め回している。

「うん。まだたくさんあるんだ。それを売って細君に美味しい物でも買ってあげなよ」

「そうだな。一つは宝物として置いておいたとして、一つは売って金子に換えるか。美味しい物どころか、銀細工の簪が買えるぞ。うちの細君が喜ぶ！ ありがとうよ、董胡」

万寿はなんだかんだと、愛妻家だった。細君をとても大切にしている。

そういう万寿を董胡は信頼していた。

「そういえばさ、この間、変なやつが来たぞ」

万寿は大事そうに冬虫夏茸を懐にしまいながら、思い出したように言った。

「変なやつ？」

董胡は首を傾げた。

「医官の使部らしいんだが『俺は董胡の兄弟子だ』とかなんとかって。使部のくせにお后様の医官の兄弟子だとか、何言ってんだって追い払ってやったよ」

「え？ それってもしかして……」

楊庵のことに違いない。

「お前は男にしては色白で綺麗な顔をしているからな。変なやつに付きまとわれているのかと思って、董胡なんてやつは知らないって言っておいてやったよ。やたら体格のいいやつだったから、気を付けろよ」

「いや、万寿、それは……」

慌てて説明しようとした董胡だったが、かぶせるように声が降ってきた。

「悪かったな、変なやつで！」

はっと振り返った董胡の背後に、むっつりとした表情の楊庵が立っていた。

「あっ！　こいつだよ、董胡！　懲りずにまた来やがった。しつこいやつだな！」

万寿が楊庵を指さして、そばにあった箒(ほうき)を手にして追い払おうとしている。

「そっちこそ、この嘘つき野郎が！　やっぱり董胡のことを知ってたじゃないか！」

楊庵は腕まくりをして応戦しようとしている。

「てめえみたいな怪しいやつに本当のことを教えるかってんだ！」

「ふざけんなよ！　俺のどこが怪しいってんだよ！」

「ち、ちょっと待って、二人とも。誤解だから。落ち着いて。箒を下ろして、万寿！」

董胡が二人の間に立って説明する間も、ずっと鼻息荒く睨(にら)み合っている。

先日の別れ際に、何かあったら薬庫の万寿に言伝(ことづ)てくれればいいと楊庵に言ったから、さっそく董胡の様子を聞きにきたのだろう。

先に来て万寿に言っておかなかった董胡も悪かったが、こんなに気の合わない者同士だとは思わなかった。

「……てことは、本当に董胡の兄弟子ってことでいいのか？」

董胡が説明を終えて万寿は少し納得したようだが、まだ不服そうに聞き返した。

「うん。同じ治療院で育ったんだ。楊庵の方が三歳年上の兄弟子なんだ」

「分かったか、嘘つき野郎」

楊庵がそら見たことかと腕を組んで言い放った。

「もう、楊庵。万寿は私を心配して嘘をついたんだよ」

せっかく落ち着いてきたと思ったのに、また空気が悪くなる。

「はん。兄弟子のくせに使部かよ。ってことはまだ医師免状も取れてないんだな。弟に追い越されてるじゃないかよ。かっこわりい」

「なんだと、このやろう！」

「もう、喧嘩(けんか)しないでよ、二人とも！」

犬猿の仲とはこういう二人のことを言うのだろう。

ふんっとお互いにそっぽを向いたまま、目を合わせようともしない。

「万寿、さっきの冬虫夏茸を家から持ってきてくれたのは楊庵なんだよ。楊庵のおかげで手元に戻ってきて万寿にも分けてあげられたんだ」

「冬虫夏茸を？」

万寿は少し気まずそうにちらりと楊庵を見た。

「だったら、お返しに欲しい薬剤を分けてやるよ。俺は嫌なやつに借りをつくりたくないんだ。なんでも用意してやるから言えよ」

素直にお礼をしたいと言えばいいのに、万寿も素直じゃない。

「ふん！　欲しい薬剤なんかねえよ！」

「はあ？　欲しい薬剤もないのに薬庫に来るんじゃねえよ！」

「俺は薬剤をもらいに来たんじゃない。董胡に会えるかと思ってきただけだ！」

だめだ、この二人は。きっと一生仲が悪い。

そして処方箋を持った客が来たので、董胡と楊庵はそそくさと薬庫を出た。

そのまま少し歩いて、人通りの少ない木陰に入った。

「もう、楊庵ってば、王宮で怪しまれずに会える場所は万寿のところぐらいしかないんだから。仲良くしてよね」

「俺だって仲良くしようと思ったさ。なのにあいつが使部だからって馬鹿にするからだ」

王宮というところは、官位がある者とない者では雲泥の差がある。

特に平民で官位もないとなれば、貧民の雑仕に近い扱いなのだろう。むしろ万寿の態度の方が普通なのかもしれない。

そして玄武の平民が王宮で官位を持とうと思ったら、医師免状が必須だった。

「医師の勉強はちゃんとしてるの？　内医司にいても免状はとれるって偵徳先生が言ってたでしょ？」

「わ、分かってるよ。楊庵の鍼の技術は生かさないともったいないよ」

「免状はちゃんと取るつもりだよ」

楊庵は拗ねたように答えた。

使部の仕事もあって忙しいのだろうが、楊庵にはがんばって医師の免状を取って欲しい。

「でも下手に免状を取って内医官になったら、こんな風に自由に出歩くことができなくなるからさ。偵徳先生も俺が使部のままの方が使いやすいって言っていたし」

内医司の部署は皇帝の主治医ゆえに特殊な環境にいる。帝（みかど）の体調という最重要の情報を持つ内医官たちは、外部との接触をかなり制限されるらしい。

「偵徳先生は元気にしてるの？」

「うん。でも内医官の部屋から勝手に出ることはできない。外部に用があれば、俺のような使部に頼むしかないみたいだ」

「束縛されるのを嫌う偵徳先生にはきついだろうね。帝の密偵になるにしても、宮内局（くない）の普通の医官の方が良かったんじゃないの？」

内医官以外は、結構自由に動き回っている。万寿のように王宮の外に邸宅を構えている医官もいるぐらいだ。

「それが王宮に密偵として行くなら内医司がいいと言い出したのは偵徳先生の方らしい」

「偵徳先生が？　どうして？」

わざわざそんな動きにくい部署を選ぶ必要があるのだろうかと首を傾げた。

「なんか内医司の内部で調べたいことがあるみたいだ。玄武の妓楼（ぎろう）に通っていたのも情報を集めるためだったらしい。まあ、女好きもあるんだろうけどさ」

偵徳は帝に対してずいぶん反感を持っていたようだが、それを差し置いて内医司に志願したということは、よほどの事情があるのだろう。

なにか良からぬことを考えていなければいいのだが、と董胡は思った。

「偵徳先生は……やっぱりまだ帝を無慈悲なうつけだと思っているの？」

朱雀の阿芙蓉の蔓延(まんえん)を止めたのは帝の先読みがあってのことだが、最後に会った時の様子から見ても、偵徳はそれを評価するつもりはないようだった。

「どうだろう。内医司の部屋ではさすがに帝の悪口は言ってないけど」

レイシは偵徳の事情をどこまで知って密偵として使っているのだろう、と不安になった。

そして麒麟寮で偵徳に董胡のことを探らせていたということは、偵徳と董胡のつながりは知っているとして、楊庵のことはどうなのだろう。

五年前に董胡と同じ治療院にいた者だと気付いているのだろうか……。

逆に楊庵はどうなのだろう。レイシが帝とまでは思っていなくても、王宮にいることは知っているのだろうか。どちらにも聞きそびれたままになっていた。

「あのさ、楊庵……」

言いかけた董胡だったが、楊庵にどこまで話すべきなのかと考えると、次の言葉が出てこなかった。代わりに楊庵が思い出したように尋ねた。

「そういえばさ、董胡はこれからどうするつもりなんだ？」

「どうするって？」

「このまま玄武のお后様の医官として働くつもりなのか？　その……レイシ様の薬膳(やくぜん)師

になりたいとかって夢は、もういいのか？」

楊庵の方からレイシの話題が出るとは思わなかったのでどきりとした。

「それは……」

「王宮にいたらレイシ様とやらを捜すことも出来ないだろうしな。まあ、レイシ様よりお后様の薬膳師の方がすごいもんな。今さらレイシ様を捜さなくとも、薬膳師の夢は叶えたことになるのか」

どうやら楊庵はレイシがこの王宮にいて、まさか自分を密偵として使っている雇い主であり、この伍尭國の帝だなんて思ってもいないようだ。

（まあ、知ったらびっくりどころじゃないよね。この楊庵が騒がないわけないか）

「俺はこれで良かったと思うぞ。レイシ様って、ほら最初はすげえ生意気で嫌なやつだったじゃんか。董胡には少し優しくなってたけどさ、俺には最後まで素っ気なかったぜ。五年も経ったら董胡のことも忘れて、元の嫌なやつに戻ってるかもしれないしさ。今さら下手に会って幻滅する必要もないんじゃないかな」

自分の雇い主とも知らず散々な言いようだ。

楊庵は、レイシの専属薬膳師を目指す董胡にずっと反対していた。董胡がレイシの話をすると、いつも不機嫌になった。そんな楊庵に……。

（まさかレイシ様が帝で、私がその一の后だなんて言えないよね）

とりあえず、今は真実を告げる勇気がない。いつか話す日が来るのかどうかも分からないが、もう少し黙っておこうと思った。

楊庵は、董胡のそんな心の揺れに気付きもせず、思い切ったように話し始めた。

「あのさ、董胡。偵徳先生は、俺達が頃合いを見て王宮を出た方がいいって言うんだ」

「王宮を出る？」

楊庵は肯いた。

「内医司はそもそも帝の墓守として殉死する未来しかないわけだし、董胡にしたって玄武のお后様の運命と共にどうなるか分からない。だから次に王宮の外に出る任務を請け負うことがあれば、その機に乗じて逃げた方がいいだろうって。偵徳先生がうまく逃がしてくれるから考えておけって言われたんだ」

「偵徳先生が？」

「うん。俺は元々、董胡を捜すために王宮に来たわけだから、すでに目的を達成している。あとは董胡さえ納得してくれたら、いつでも脱出する覚悟は出来ている」

唐突な話に思えたが、偵徳は朱雀で会った時もこのまま逃げてもいいようなことを言っていた。というか、楊庵と董胡を逃がしたいようだった。

そうして、偵徳は一人で王宮に残って何をするつもりなのだろうか。

「でも王宮を出てどこに行くの？　斗宿の治療院には戻れないし、麒麟寮だって戻るわけにいかないよ。私達に戻る場所はないよ」

「董胡。二人で玄武を出ないか？」

楊庵は以前から考えていたのか、真剣な顔で董胡に問いかけた。

「例えば朱雀に行けば、旺朱が匿ってくれるんじゃないかな。旺朱は朱雀公の息子だから、きっとうまくやってくれる。朱雀は良い医師が足りないと言っていたし、俺達二人なら喜んで迎えてくれると思うんだ」

「朱雀に？」

確かに旺朱ならなんとかしてくれそうだ。

「うん。二人で治療院をやろうぜ。朱雀が無理なら、伍尭國を出たっていい。俺は董胡と一緒ならどこででもやっていけるような気がするんだ」

「…………」

楊庵の気持ちは嬉しい。だが……。

それは、后の薬膳師・董胡であればの話だ。

楊庵は董胡が帝の一の后であることを知らない。だからそんな風に言えるのだろう。

きっと一の后・鼓濤の追手は、簡単に諦めてくれない。

玄武公が草の根を分けても捜し出し、見つかれば一緒にいる楊庵は死罪になるだろう。

主を逃がした茶民や壇々だってどうなるか分からない。

そして后に逃げられたレイシは……。レイシはどうなるのだろう。

ようやく心が通い合うようになってきた鼓濤が突然いなくなれば、ひどく傷つくはずだ。

それにレイシの拒食もまだ治っていない。いつか消える后だとしても、せめてレイシが普通に食事ができる状態にまで回復させてから去りたい。

「今は……無理だよ、楊庵」

董胡はぽつりと答えた。

「無理ってなんでだよ。お后様が心配なのか？　お后様だって分かってくれるよ」

「そうじゃないんだ。そういうことじゃないんだ」

五年前の約束を守ろうとしているレイシを、本気で国を変えようと孤立無援の中で尽力するレイシを置き去りにして、一人だけ逃げることなんて出来ない。

董胡が王宮を去る日は、自分の都合で決めるつもりはない。

レイシに正体がばれて、鼓濤でも董胡でもない忌むべき者になって、どうしようもなくなってしまった時だ。董胡の存在がレイシにとって疎ましくなった時だ。

それまではレイシのそばにいたい。

それが許されることかどうかは問題ではない。たとえ許されない罪であったとしても、董胡の気持ちはもう、その道以外を選ばないのだ。自分でもどうしようもなかった。

「はあ～。やっぱりかあ。断られるような気がしてたんだよな～」

楊庵は、がっくりと肩を落として頭を抱えた。

「楊庵……」

「董胡の一番は、いつだって俺じゃない誰かなんだよな。ずっとレイシ様だったと思ったら、今度はお后様が一番なのか。不毛な戦いだな」

「ごめん、楊庵」

本当は今も昔もずっとレイシが一番なのは変わっていない。

楊庵に黙っていることが心苦しかった。

「まあ、いいさ。俺は気長に待つことには慣れている。董胡が一緒に行く気になってくれるように、座学を勉強して医師の免状を取るさ。使部のままの俺じゃあ万寿の言う通り、かっこわりいもんな。もっと頼れる男になってやるさ」

楊庵は肩をすくめて微笑んだ。その笑顔が温かい。

その温かさにずっと甘えてきた。

「楊庵は充分頼りになるよ。麒麟寮でもいつも助けてもらってた」

いつだって董胡の最大の味方で、楊庵が思うよりずっと頼りにしてきた。

朱雀で再会した時、どれほど安堵の気持ちに包まれたか分からない。

「今にして思えば麒麟寮にいた頃は楽しかったよなあ。董胡が女だってばれないかと冷や冷やしてたけど、いいやつらばかりだった。あそこに戻れないのはちょっと寂しいな」

「うん」

董胡と同じ寂しさを共有しているのも楊庵だけだ。

最大の理解者でもある。

「そういえば、私が消えた後、雄武に会ったことはある?」

ふと先日のお茶会のことを思い出した。

「雄武？」

雄武は実習生で楊庵は研修生なので教場が違う。教場が違うと滅多に顔を合わせることもないのだが、雄武とその取り巻きは、いつも威張り散らしているので目立っていた。

「うん。私のことを何か言ってなかったかなと思って」

雄武の話では、麒麟寮のみんなには何も知らせていないと言っていたが……。

「ふん。あいつは本当に嫌なやつさ」

楊庵は嫌な事を思い出したように呟（つぶや）いた。

「え？　何かあったの？」

「俺が董胡の行方を知ってるんだろうって胸倉を摑（つか）んだんだけどさ。言いがかりを言うなって、取り巻き連中と一緒に殴る蹴（け）るされた。こっちが自暴自棄になってるからって、好き放題に蹴りやがって」

「え？　そんなひどいことをされたの？　雄武に？」

「ああ。ん？　まあ……そうだな」

楊庵は少し言葉を濁した。思い返してみると、殴ったり蹴ったりしたのは取り巻き連中だけで、雄武は手出ししていなかったようにも思う。実はよく覚えていなかった。

だが楊庵にとっては、今さらどっちでもいい話だ。

雄武は嫌なやつだ、という一択以外に答えはない。

しかし董胡にとっては、もはや他人ではない。不本意ながら兄なのだ。

万が一にも血のつながりがあるのかと思うと、余計に腹が立った。

「ひどいことするな。やっぱり……雄武ってそんなやつだったよね」

危うく騙されるところだった。口先で何を言っても、信用しないほうがいいだろう。

先日のお茶会の親切そうな口ぶりも、何か裏があるのかもしれない。

「そうだよ。あの時にはもしかして董胡が玄武のお后様の医官になっていることも知ってたんじゃないか？　知ってて黙ってやがったんだ。本当に嫌なやつだぜ」

確かに知っていて楊庵をあざ笑うように殴る蹴るをしたならひどい話だ。

(でも麒麟寮の連中に言ってないという話は本当みたいだな)

玄武公にとっても、麒麟寮で男装していた平民娘を一の姫君として帝の后に送り込んだとは知られたくないのだろう。外部には知られないようにしているようだ。

それだけは董胡にとってありがたいことだった。

ひとしきり話し込んだあと、それぞれ戻らねばならない時間になった。

「そろそろ行くよ。病人に薬を煎じてあげないと」

「うん。俺も偵徳先生が心配しているかもしれない」

お互いに長く外に出ていられる立場ではなかった。

「また会えるよな、董胡」

「うん。万寿のところにはよく行くんだ。だから次までに万寿と仲良くなっておいてよ」

「俺、あいつとは一生仲良くなれない気がする」

董胡はやれやれと肩をすくめた。

「じゃあさ、次に行く時は楊庵の好きな饅頭(まんじゅう)を作って万寿に預けておくからさ。仲良くしてないと受け取れないよ」

「うぐ。董胡の饅頭か……」

楊庵は頭を抱えて苦悩しているようだ。だがすぐに答えは出た。

「分かった！　死ぬ気で褒め倒して仲良くなってやる！」

「ふふ。頑張ってね。美味(おい)しい饅頭を届けるから」

「おう！　楽しみにしてるぜ！」

そう言い合って笑顔で別れた。

五、侍女頭・王琳

壇々は董胡の煎じ薬と看病で、三日後に完全回復した。

「それにしても、このお菓子はなんて美味しいのでしょう。ああ、幸せ……」

壇々は鼓濤の御簾の中でずらりと並ぶ甘味に舌鼓を打っていた。

百合根餡の茶巾饅頭、金柑の甘露煮、黒糖くるみ餅、まがり揚げ、蜜柑の葛饅頭。

快気祝いに三人で『甘味尽くしの茶会』を開いていた。

「甘い物はあまり好きではなかったけれど、鼓濤様の作るお菓子は美味しいですわ」

激辛好きの茶民だったが、董胡の作った豆板辣醤を料理につけて食べるうちに辛味欲が満たされてきたのか、他の味にも興味を持つようになっていた。

「ところで不躾ながら、先日はなぜ雄武様にあれほど辛辣なことをおっしゃったのですか」

「誰にでもお優しい鼓濤様らしくありませんでしたわ」

二人はずっと気になっていたが聞けずにいたらしい。

「雄武様のおかげで苦い茶を飲まずに済んだのでございましょう?」

「鼓濤様を助けてくださったのですわ」

「それなのにあのような言い方をなさるなんて……」

「雄武様はひどく傷ついていらっしゃいましたわ」

二人に問い詰められて、董胡は言い淀んだ。

「雄武に……嫉妬していたのだと思う」

「嫉妬？　嫉妬とは女性が恋敵に抱く感情ではございませんの？」

「なぜ男性の雄武様に？　分かりませんわ」

茶民と壇々には、男として医師を目指していた董胡の気持ちは分からないだろう。

「あのように素敵な殿方に、嫉妬だなんて訳が分かりませんわ」

「本当に。初めて近くで拝見しましたが、なんて利発で涼やかな方でしょう」

二人はどうやら雄武に心惹かれたらしい。

女ばかりの后宮にいて、接する男性といえば御用聞きや力仕事の雑仕ぐらいで、若い貴族男性などほとんど目にすることもない。少しばかり小綺麗な男を見れば心惹かれてしまう気持ちも分からないではないが……。

「しかもあの恐ろしいお館様にも臆することなく毅然とお答えになって」

「鼓濤様を妹として守るだなんて……ああ、なんて勇敢なお方でございましょう」

董胡の目には玄武公と華蘭の圧に怯えているように見えたが、二人にはそんな風に見えていたらしい。

だがともかく怯えながらも菫胡に有利な発言をしてくれたのは確かだ。

（あの雄武が、本当に私を妹と思って守ろうとしてくれたのだろうか？）

何か心境の変化でもあったのかと思ったが、楊庵の話ではそんなこともなさそうだったし、どうにも腑に落ちない。

「私の大事な兄弟子を、取り巻きと一緒に殴る蹴るしたらしいよ」

菫胡の中では、すべての善行がそれで帳消しになっている。

「私が作った薬膳饅頭を気持ち悪いといって、皆で嗤いながら踏みつけたこともあった」

麒麟寮にいた頃は取り巻きと一緒に結構な嫌がらせを受けてきた。とりわけ、心を込めて作った薬膳料理をないがしろにされた出来事の数々は、苦々しく覚えている。

「まあ、そんなことが？　他の誰かと間違えていらっしゃるのでは？」

「き、きっとご学友の中に悪さを教える方がいたのですわ。本心ではなかったのです」

二人はどこまでも雄武を理想の殿方に仕立て上げたいらしい。

「ああ……。雄武様は私のことを覚えてくださったかしら？」

「見初められたらどうしましょう。今のうちに少し痩せた方がよいかしら？」

夢見心地の二人に菫胡はため息をついた。

「もう雄武の話はいいから、これも食べてみて。蜜醤油の葛餡をかけた串団子なんだ。甘辛いから茶民も気に入ると思うよ」

「まあ、甘味に醤油がかかっていますの？　ではおひとつ」

　董胡に勧められて茶民は小さな団子が三個連なった串を手に持ちぱくりと頬張った。

「美味しい……。このようなお味は初めてですわ。甘味の中にしょっぱさが混じり合って、不思議な味わいですわ」

「村のお祭りでふるまう焼き饅頭をもう少し小ぶりで上品にしてみたんだ」

　村では適当な枝の先に餅を刺して、蜜醤油にくぐらせて焚火にあぶりながら食べた。

　祭りの時しか食べられない御馳走で、楊庵とどちらの餅が大きく膨らむか競いながら食べていた。懐かしい日々が思い出される。

　姫君が焚火であぶる訳にはいかないので白玉団子を使い、味がよくからむように葛でとろみをつけた。村の雑な蜜醤油より数段美味いはずだが、董胡には広い空の下で焚火にあぶって食べる熱々の串団子の方が美味しかったような気がする。

　村の気安い人々とわいわい騒ぎながら食べた日々が懐かしい。もう二度とあんな日がやってこないのだと思うとたまらなく寂しくなる。

　貴族の姫君は食事風景を見られることを恥と教えられている。年頃になると御簾の中で一人きりの食事をするのが当たり前らしい。美味しいと一緒に舌鼓を打つ相手もいない。

　茶民と壇々が若く柔軟ゆえ、一緒に食事をしてくれることでずいぶん救われている。

　董胡が作った料理を美味しいと食べてくれる二人がいるおかげで、窮屈な姫君生活にも耐えられているのだ。

「壇々はこの薯蕷饅頭を食べてみて。菊芋の塊茎をすりおろして蜜と粉を混ぜた皮に小豆の餡がたっぷり入っているんだ。菊芋は腸を整え痩せる効果があると言われているんだ。小豆の餡と一緒に食べることで水分代謝を高めてむくみも取ってくれる」

「まあ！　美味しい上に痩せるのですか？　喜んで食べますわ！」

壇々は嬉しそうに一つ二つと手に取って食べている。

幸せそうに食べる二人を見ていると、董胡も嬉しくなる。

存分に料理を作り、それを美味しいと言ってくれる人がいることが今の董胡の喜びだ。

「あ、ちょっと壇々！　それは私のお饅頭よ！」

「茶民は甘い物は好きじゃなかったの？」

「もう！　痩せるんじゃないでしょ？　だから食べてあげているのよ」

「だって交互に食べると、もっと美味しいんだもの。はむ、はむ。ああ、幸せ」

壇々は両頬を膨らませて、口いっぱいに頬張っている。

幸せなだんらんの時間を過ごしていた董胡たちは、しかし、一瞬にして冷や水を浴びせられるような事態になった。

甘味尽くしの茶会が開催されていた御簾が、突然シャッと巻き上げられたのだ。

それと同時に冷気のようなものが駆け抜けた気がした。

董胡と茶民は驚いて乱入してきた人物を見やる。

そして口いっぱいに饅頭を頰張る壇々が、最後に振り返って見上げた。

「…………」

御簾を持ち上げた女性が、雪肌のような白々とした無表情で三人を見下ろしていた。美しい人だ。董胡よりも少し年上だろうか。やんごとなき装いと整った顔立ちが、優しさとか温かさをこそげ落としたような無表情をいっそう冷たく見せている。

そして地の底から響くような冷え冷えとした声音で告げた。

「……なにを……なさっておいでですか……？」

その声は逆境に強い董胡さえ震えあがるような低くくぐもった恐ろしい響きがあった。大声ではないのに腹の底に直接脅威を与えるような不思議な声音だ。

茶民は半ば口を開けたまま固まり、壇々は恐ろしさのあまり両手に持った饅頭を取り落とした。せっかく知恵熱から回復したのに、どうやらまた熱を出すことになりそうだ。

女性は御簾内に広げられた甘味をゆっくり見回してから、一層冷気を発したような白い顔でキッと董胡を睨みつけた。

あまりに油断していたため、董胡も頭の中が真っ白になっていた。

そしてつい、いつもの調子でつまらないことを言ってしまった。

「あなたも食べますか？」

「…………」

女性は心底呆れたように眉を顰め、董胡の問いに場が凍りつくような無言で答えた。

◆

「お初にお目にかかります。此度、一の后様付け侍女頭を命じられました、王琳と申します。以後、お見知りおきを」

菫胡の御簾の前には見事な所作で挨拶する貴族女性がひれ伏していた。

御簾の中に広げた甘味は、王琳の命令によって女嬬たちがすべて片付けて廃棄してしまった。そして御簾から追い出された茶民と壇々は、王琳の背後に座って青ざめた顔でひれ伏している。

「侍女頭？」

もちろん、今の今までそんな話は聞いていなかった。

「お館様より、一のお后様がたいそう無粋な侍女しか持たず、帝にご無礼があってはならないと、急ぎ任に着くようにと申し渡されました」

「…………」

それはきっと先日のお茶会のあと、皇太后と取り決めたのだろう。

……ということは、玄武公の息がかかった者と考えた方がよさそうだ。

「まことに急ぎ参りましてよろしゅうございました。お后様の宮でこのように破廉恥な現場を見ることになるとは……。茶民と壇々と申しましたか……。厳しい罰を与え、宮下げを進言致しましょう」

宮下げとは、つまり鼓濤の侍女を解任するということだ。

「そ、そんな……」

「ひいぃ。どうかお許しを……」

茶民と壇々は、後ろで震えあがっている。

「侍女の処遇は私が決める。勝手なことは侍女頭といえども許さぬ」

董胡は精一杯の威厳を作って言い放った。玄武公の思い通りにさせる訳にはいかない。

「……」

王琳はしばしの沈黙のあと、「出過ぎたことを申しました」と謝った。

よく教育された聡い女性だと感じた。二十代前半ほどだと思うが、人生の経験を重ねた英明さのようなものをすでに備えている。

「鼓濤様におかれましては、このような未熟な侍女二人でさぞかし不便がございましたでしょうが、今日よりわたくしが宮のすべてを取り仕切りますのでご安心下さいませ」

困ったことになった……と董胡は思った。

玄武公の間者らしき王琳が四六時中そばにいるとなると、今までのように気楽な王宮生活はできそうにない。

（あれ？　じゃあ医官・董胡には、もうなれないのか？）

董胡が医官として王宮を動き回っているなんて、もちろん玄武公に知られるわけにはいかない。皇帝であるレイシとの接点も決して気付かれてはならない。

だが、最初に困ったのは食事だった。


「なんのまねでございますか、鼓濤様？」

御膳所に王琳の寒々とした声が響き渡る。

「料理だよ。大膳寮から届く料理をいつも私が味付けし直していたんだ。王琳の口に合いそうなものも作るから楽しみにしていて」

単の袖を腕まくりして料理に手を加えようとする董胡に、王琳は言葉を失くしていた。

そしてぎろりと脇に控えていた茶民と壇々を睨み叱りつけた。

「そなたらは、お后様にこのようなことをさせていたのか！」

「も、申し訳ございません！　王琳様」

「ひ、ひいいい。お許しください。でも鼓濤様のお料理はとても美味しくて……」

再びぎろりと睨みつけられて、壇々は言葉と一緒に息も止めて黙り込んだ。

「すぐに鼓濤様を御座所へ戻し衣装を整えなさい！　皇帝のお后様ともあろうお方が、単姿で宮をうろつくなど、お館様がお知りになったら厳罰ですよ！」

「は、はいっ！　申し訳ございません」

「す、すぐに！」

茶民と壇々は董胡の腕を両側から引いて連れて行こうとする。

「え？　ち、ちょっと。茶民、壇々。料理ぐらいいいじゃないか……。待ってよ」

御膳所に戻ろうとする董胡を二人はぐいぐいと押し戻して小声で囁いた。

「素直に聞いてくださいませ、鼓濤様。お館様に言いつけられたら我らは死罪です」

「鼓濤様の料理が食べられないのは辛いですが、死ぬよりましです。お許しください」

二人の侍女に懇願されては、それ以上無理強いすることはできなかった。

「その男のような言葉遣いも気を付けてくださいませ、鼓濤様。日頃の行いが無粋であれば、帝の前でも知らず出てしまうものでございます」

「それが、王琳様。私も最初は心配したのでございますが、鼓濤様は切り替えがとてもお上手でして、帝の前では貴人らしく振る舞われるので大丈夫でございます」

「ええ、そうですわ。生まれつきの姫君と誰も疑わぬ見事な所作でございます」

董胡を庇ってくれた茶民と壇々だったが、王琳に「お黙りなさい！」と一喝される。

「やんごとなき姫君とは、一瞬たりとも無粋であってはならぬのです。誰がいつどこから見ても雅やかであらねばならぬのです」

董胡にとっては生き地獄のような生活だ。

王琳が来て三日が過ぎた頃には、食事のまずさも相まって、三人ともやつれきっていた。

「うっ、うっ。鼓濤様。もう耐えられません。王琳様の手を触ったことがありますか？

氷のように冷たいのでございます。あの地の底から響く恐ろしい声から考えても、きっとあの方は氷女の妖ですわ。ううう……恐ろしや」

「氷女？」

「冬になると現れて、美しい女性に冷気を浴びせて凍らせる妖ですわ。恐ろしや」

いくら玄武公でも、さすがに妖を侍女頭にはしないだろうと思うが、遠からずといったところではある。

「うう。鼓濤様の饅頭が恋しくて毎晩夢に見ます。このままでは痩せて死んでしまいます」

壇々に限っては痩せて死ぬことはないだろうが、また知恵熱を出しそうだ。今のところ気を張り詰めているせいか熱を出すに至っていないが……。

「どうしましょう、鼓濤様。いつものように御用聞きにお菓子を売っているところを王琳様に見つかってしまいました」

茶民は小遣い稼ぎに余ったお菓子を渡しているところを見られたらしい。

「馴染みの御用聞きは出入り禁止になって、私は苦労して貯めた小銭をすべて没収されてしまいました。あんまりです。あの方は鬼女です。うう……うう」

氷女に鬼女と、二人にとっては血の通った人間には見えないらしい。

王琳が少し席をはずすと、二人の侍女は董胡に泣き言をいいに来た。

「なんとかしないとね。このままでは私もおかしくなりそうだ」

御簾の中に押し込められ、窮屈な衣装を着込んで書を写したり絵合わせをしたりして、長い長い一日を過ごしている。

いや、これが本来の姫君の正しい過ごし方なのだろうけど……。

男装の医生として過ごしてきた董胡にとっては退屈で死にそうな日々だ。

「王琳様を追い出すことはできないかしら？」

「無理よ、茶民。その前に私達が追い出されてしまうわ。ああ、恐ろしい」

下手なことをして皇太后や玄武公に言いつけられても困る。

「では味方につけてはどうかしら？」

「そうですわ！　鼓濤様の作る美味しい料理を食べさせてはどうかしら？　鼓濤様の料理を食べれば、誰でも心動かされて言いなりになりますわ」

「それは壇々だからでしょ？　あの王琳様が料理で言いなりになるわけがないわ」

「そうかしら……。王琳様の味の好みさえ分かればいいのだけど」

二人の侍女が無い知恵をしぼっている。王琳の好みは分かっていた。

董胡の目には最初からはっきりと映っていた。だけど。

「王琳の場合は……難しいかも……」

「え？　鼓濤様は王琳様の好みが分かっているのですか？」

「難しいって？　どういうことですの？」

侍女二人は首を傾げる。

王琳は少し変わった色の光を出している。

(あまり女性では見たことがないのだけどな……)

──甘味嫌い──

甘味を示す黄色の光が意志を持って徹底的に排除されている。完全なる拒絶だ。

好みの味覚の色が現れている場合は対処しやすいが、そもそも食にあまり興味がない色みの上、嫌いな味覚だけがはっきり主張されている。

料理で最も懐柔しにくい相手だった。

「何の話し合いですか?」

突如背後から地の底から這い上がるような声が聞こえて、二人の侍女は飛び上がった。

「お、王琳様……」

「いつの間にお戻りで……」

董胡の御簾のすぐ前までにじり寄っていた二人は蒼白になった。

「自分の席に戻りなさい! はしたないっ!」

「は、はいっっ!!」

「ひいいい。申し訳ございません!」

二人は董胡の御簾から離れた末席に戻ってひれ伏した。

「少し席を外すとあなたたちは……」

王琳は呆れたように言って口をつぐんだ。口数はさほど多くはない。

だが発する言葉はすべて心に突き刺さり、人を萎縮させる静かな威圧感がある。

「そんなことよりも、鼓濤様。先触れが参りました。明日、帝がお越しになられるようでございます」

王琳は、御簾の前で董胡に告げた。

「陛下が？」

まずいことになった、と思った。

このままではレイシに出す料理も作れない。

いや、それよりも……。

玄武公の間者と思われる王琳に、鼓濤と帝がいまだに清い関係であることを知られてはならない。なにせ懐妊の可能性ありとまで言ってしまったのだ。

帝がお越しの間、侍女たちは御簾の真横にある控えの間で待機している。

襖一枚で仕切られた控えの間では、当然だが二人の会話は筒抜けだった。

侍女のしきたりの書で調べたところによると、帝が御簾内に入ると、先回りして寝所に灯を入れ、場を整えた後、帝が帰るまで控えの間で待つのだとか。

もちろん帝が御簾内に入らず、会話だけで帰っていくこともあるが毎回それだけだと怪しまれる。帝を御簾内に誘い込めば控えの間に聞こえないような密談もできるが、それだとレイシに顔を見られてしまう。扇で隠したとしても危険すぎる。

（だめだ。私が董胡だとばれてしまう。それはできない）

どうしよう……と悩む暇もなく、侍女頭、王琳による完璧な『お仕度』が始まった。

朝から湯殿に放り込まれ、王琳の指示でいつもより念入りに体を清め、茶民と壇々と三人がかりで髪を結い上げ化粧をする。

「組み紐はこれだけですか？　帯留めは？　帔帛は？　織襟もこれだけ？」

王琳は物持ちの少ない董胡の長櫃の中身を見て大きなため息をついた。

「冬の色目がまったく揃ってないではないの！　何をしていたのですか、茶民、壇々！」

「も、申し訳ございません」

「ひいいい。お許しくださいませ」

「二人は悪くないんだ。大衣寮や宝殿寮に用命したいという二人に、私がいらないと言ったのだ」

董胡が二人に代わって弁解した。

束の間の偽の后である自分が物を増やす必要はないと思ったからだ。注文したところで、出来上がった時に自分が后でいるかどうかも分からない。

「…………」

王琳の無言の圧が怖い。考えをすべて読み込まれているような気がする。

「装いは鼓濤様のためにあるのではございません。帝が后の宮で心地よく過ごされるために装うのです。贅を尽くすのは后の責務でございます」

なるほど。そういう言い方もあるのだと感心した。もっとも、帝が御簾内に入ることも拒んでいる鼓濤には、やはり無用の贅沢ではあるのだが……。

「茶民、壇々。すぐに大衣寮と宝殿寮に使いを出して、最高級の品を借りてきなさい」

「は、はい。畏まりました」

「す、すぐに！」

こうして今までになく煌びやかに飾り付けられた董胡は、料理もさせてもらえないまま帝を御簾の中で待つこととなった。

やがて日が落ちて、いつものように帝が毒見の従者を連れてやってきた。

「お待ち致しておりました、陛下」

董胡が御簾の中で堅苦しい挨拶をして、毒見の従者が膳を受け取ろうと侍女の控えの間に近付いたものの、何も用意されていないことに戸惑っている。

「お、畏れながら、本日は何も用意しておりません。申し訳ございません」

董胡が言うと、帝は少し首を傾げてから毒見の従者に下がるように手で合図した。

毒見の従者が部屋を出ていき、帝は口を開いた。

「謝る必要はない。念のため毒見を連れてきているだけだ」

そうは言っても少し残念そうな様子ではある。董胡も今日は初冬の食材を使ってレイシに食べてもらいたいものがたくさんあった。残念を通り越して悲しい。

「なにか……いつもと雰囲気が違うな……」

帝は燭台の薄明りに浮かぶ部屋を見回して、床の間の生け花に目を留めた。

「見事な大輪の菊だな。曲線を添える雪柳の枝ぶりも美しい」

いつもは后宮の庭に咲く花を茶民が生けてくれているのだが、今日は式部局の園丁寮に頼んで王宮の花壇の菊を分けてもらい、王琳が生けた。董胡にはよく分からないが王琳は見事な腕前らしい。

几帳にかけた着物も色の襲が美しく、香の焚き合わせもそつがない。

目の肥えた帝には、一目で違いが分かったようだ。

董胡は自然な流れになる良い言葉をかけてもらい、この好機を逃すまいと急いで答えた。

「実は父上様より、新たに侍女頭を遣わして頂きました」

「侍女頭？　今までいなかったのか？」

帝は后の侍女のことまでは詳しく知らないようだ。だが董麗のことは朱璃から聞いているかもしれない。

「はい。女官の集う大朝会などは代理の者が出ていました」

「代理の者……」

帝は納得したように「ふむ」と肯いた。

「ですが……此度、父上様が非常に有能な侍女頭を寄越してくださいました」

わざと「非常に有能な」の部分を際立たせて言う。気付いてくれと願いながら。

「…………」

帝はしばし考え込み、異変の意味を悟ったらしい。

「ふ……む。玄武公は愛娘であるそなたを余程心配したのであろうな？　腹心の侍女を送ってくれたのだろう。親心とはありがたいものよ」

伝わった、と思った。

腹心の侍女とは玄武公の思いのままに動く間者という意味だ。そして愛娘、親心などは鼓濤と玄武公の間に無縁の言葉であることは、レイシならすでに勘づいているだろう。

ここから先は玄武公の間者である王琳に聞かせるための会話だ。

「さて……いつものようにそなたと睦まじく過ごしたいと思っていたのだが……」

急に艶めいた話になって、董胡はどきりとした。

「実はこの後、祈禱殿に籠ろうと思っている。しばし会えぬゆえにそれだけ伝えるために来たのだ。長居ができなくてすまぬな」

さすがレイシだ。侍女頭に怪しまれない言葉を選んでくれている。

「いいえ。お忙しい中、お越しくださっただけで充分でございます」

王琳はきっと鼓濤が帝の寵愛を受けていると信じるだろう。

「では……名残惜しいが戻るとするか……」

帝は立ち上がり出口に向かい、御簾のそばを通り過ぎる途中で立ち止まる。

そしてちらりと御簾の中の董胡に視線を流して告げた。

「鼓濤。何か困ったことがあれば、いつでも知らせるがよいぞ」

「陛下……」

何か手助けできないかと思ってくれたようだ。その気持ちが嬉しい。

だがレイシである帝に頼む方法はない。

文で知らせようにも、后の文はすべて侍女頭が先に目を通すことになっている。

董胡となって宮を出ることもできない。自分でなんとかするしかなかった。

それに心労の多いレイシに、心配をかけたくない。

董胡は精一杯の明るい声を作って答えた。

「はい。お心遣いありがとうございます。私は大丈夫でございます」

こうして、王琳にはずいぶん生真面目で淡泊と思われたかもしれないが、ひとまず寵愛を疑われることはないまま、レイシは帰っていった。

六、密偵、楊庵

帝（みかど）のお渡りがあってから、さらに数日が過ぎていた。

王琳は女嬬（めのわらわ）や雑仕までも牛耳り、完全に一の后宮を掌握していた。

董胡は相変わらず窮屈な日々を送っていて、料理だけはさせて欲しいと何度か王琳に頼んでみたが、にべもなく却下されるばかりだった。

あまりに動いていないせいか、このところ寝つきが悪い。

茶民と壇々は王琳にあれこれ命じられて忙しくしているようで、最近は董胡に泣きごとを言いに来る暇もないらしい。そうなるとひどく孤独だった。

（これが貴族の姫君の暮らしか……。一生この生活なんて耐えられないな）

床に入っても夜半まで眠くならない。

后は帳台という四角い天蓋（てんがい）から帳（とばり）の垂れさがった中に厚畳を重ねた寝所で寝ているのだが、その帳台のそばに侍女が一人付き添うことになっている。

侵入者から后を守るためでもあるが、王宮の何重もの警備の中ではそんなことは滅多になく、何か用があれば夜中でも命じられるようにということらしい。

だが董胡は茶民と壇々に付き添いはいらないと断ってきた。万が一侵入者があれば、二人より男装で暮らしてきた董胡の方が腕っぷしが強い。それに夜中に厠に行くにしても水を飲みたくなったにしても、一人で行った方が早い。

二人はもちろん侍女の部屋でゆっくり眠る方が熟睡できるので、喜んで受け入れていた。

しかし王琳が来てから、それも厳しい叱責を受けて三人の侍女が交代で付き添うことになってしまった。寝る時まで監視されているようで気が休まらない。だが……。

(今日は壇々か……)

すでにすやすやという寝息が聞こえている。

壇々は一度寝たら朝まで熟睡していて、全然付き添いの意味はないのだが、おかげで壇々の担当日だけは少し心が休まる。

だが寝静まった后宮で一人この先のことを考えると、悪いことばかり想像してしまう。

(帝は……レイシ様はもう鼓濤の許には通ってくださらないだろうか？　玄武の間者が聞き耳を立てているようなところに、危険をおかしてやって来る理由なんてないものな)

もう来なければいいと何度も思ったけれど、二度と来ないとなるとやっぱり淋しい。

(董胡になることもできなければ、もうレイシ様と一生会えないのだろうか？)

だったらレイシ様を騙してまで王宮にいる意味なんてない。

(そもそもレイシ様に食事を出せないなら、私はただの嘘つきの役立たずだ)

かといって王宮を出ることも出来ない。

なにもかもが八方塞がりになっていくような絶望感が襲ってくる。

考え疲れてようやく眠りに落ちかけた時、ふと、そばに人の気配を感じた。

はっとして起き上がる。

暗闇の中、帳の向こうの影が僅かに動くのが見えた。

「誰だ！」

絞り出すような声で問いかけた。王琳かもしれないと思っていた。

玄武公が差し向けた間者であるなら、いずれ董胡の命を狙いにくるのだろうと。

だが玄武公ならば毒殺を企むと思い込んでいた。まさか寝首を掻くようなまねをするとは思っていなかった。

鼓動がばくばくと大きくなる。すぐに動けるように足を引き寄せた。しかし。

「ご無礼、お許しください、お后様」

男の声だった。

「これ以上近付きません。どうかお静かにお聞きください」

夜這いや夜盗の類ではないようだ。

そもそも、そんな者が易々と入り込める場所ではないはずだった。

「帝より命じられて参りました」

「陛下が？　麒麟の神官か？」

どうやらレイシの密偵らしい。少しほっとしたのも束の間。

「いえ、内医司の使部、楊庵と申します」

(え……)

思わず声に出しそうになって、慌てて董胡は自分の口を塞いだ。

(楊庵が……)

さっきよりも鼓動が騒がしい。まさか董胡だとは思ってもいないのだろう。

言われなければ気付かなかった。密偵を気取った神妙な声が楊庵らしくない。

姫君の孤独な日々に打ちひしがれていただけに、すぐそこにいる楊庵に駆け寄って縋りつきたい心持ちだったが、ぐっと堪えて鼓濤の声を作る。

「よく……ここまで誰にも見つからずに入って来ることができましたね」

「麒麟の神官様の援護を頂きました。同じ顔をした不思議な方々で、今もこの寝所の周りを見張ってくれています。誰も近付くことはできませんのでご安心を」

翠明の式神だと分かった。それでここまで入り込めたのだ。

何度か式神と関わって気付いたのだが、彼らは良くも悪くも特徴がなく人の印象に残らない。見つかるのではと冷や冷やして焦ったり、見つかったらどうなるのだろうと恐怖したりといった感情がまるでない。感情のない者に人は印象を持たないのだろう。

そんな便利な式神は、指示通りに動くことはできても、そこから機転を利かせて能動的になにかを決断するということはできないようだ。複雑な任務になると、最後の交渉などは楊庵のような人間の密偵が必要不可欠らしい。

「して、帝はなんと？」

「はい。お后様がお困りではないかと心配されているようです。私が何かお役に立てるのではないかと密命を受けて参りました」

もう二度と会えないかもと思っていたレイシが自分のことを心配してくれている。それが嬉しかった。

「では……そなたにお願いしたいことがある」

「はい」

楊庵は緊張しながら応じた。

「この宮に新たに来た侍女頭、王琳という者の素性を知りたい」

「侍女頭、王琳様……」

楊庵は復唱した。

「年の頃は二十代前半。玄武の高位の貴族の姫君だと思われる」

「畏まりました」

だが、調べた情報を受け取る必要がある。

翠明の式神といえども、后の宮に侵入するような危険を何度も冒すわけにはいかない。

「実は神官様よりお后様の薬膳師を密かに使いに出せないかと申し付かっております」

「私の薬膳師？」

つまり董胡のことだ。

「このようにお后様の寝所に忍び込むよりも薬膳師を捜し連絡を取るようにというのが最初の命でございました。私はお后様の薬膳師と旧知の仲でございます。帝はその私にお后様のご様子を聞いてくるようにと命じられました」

レイシはやはり楊庵が五年前に董胡と暮らしていた兄弟子だと知っていたようだ。

「されど、どれほどくまなく探ってみても薬膳師の居場所を見つけることができず、畏れ多くも直にお后様にお声をかけることになりました」

レイシは董胡をよく知っている楊庵を使って、極秘に連絡を取ろうと思ったらしい。ところが肝心の董胡が后宮のどこにも見つからず困ったのだろう。

見つからなくて当然だ。

王琳が来てからというもの、董胡になることができないのだから。

「薬膳師は……事情があって居場所を分からぬようにしている」

「無事なのでございますね？」

楊庵は探るように尋ねた。

「無事だ。元気にしている」

ほっと安堵の息を吐いたのが分かった。董胡のことを心配してくれていたらしい。

だがどうしたものかと考え込んだ。

董胡だって出歩けるならそうしたいのだが、現状では難しい。だがそうか、と気付いた。

「七曜に一度、侍女頭が集まる大朝会がある。その時間であれば王琳の目が行き届かない」

「七曜に一度の大朝会……」

楊庵は聞き慣れない言葉を覚えるように復唱している。

王琳が連れてきた女嬬もいるが、それぐらいならなんとか誤魔化せそうだ。

「薬膳師はどこに行けばよい？」

宮内局の薬庫がいいのだが、楊庵はあれから万寿と仲良くできただろうか。

しかし楊庵は意外な場所を指定してきた。

「神官様より、もしも薬膳師と会えるなら、白虎の方角にある紅菊の花壇にせよと申し付かっております。大きな屋根と竹垣の囲いで区切られていて、身を隠しやすいとのことでございます」

「紅菊の花壇……？」

薬庫の方が目立たない気がしたが、何かその場所にする理由があるのかもしれない。

「分かった。薬膳師にはそのように伝えよう」

「はい。よろしくお願いします」

情報を集める時間も考慮して、次の次の大朝会の日を指定した。

そうして楊庵の影が頭を下げるように微かに動いて、すぐに気配が消えた。

「び、びっくりした……」

もう誰もいないことを確認してから、董胡は両手で胸をおさえて呟いた。

まさか楊庵がこの后宮に現れるとは思わなかった。

声音はしっかり変えたつもりなので、たぶん楊庵は気付いていないはずだ。

それに楊庵だって、まさか后が董胡だとは思ってもいないだろう。

「それにしても楊庵……。すっかり密偵が板についていたな……」

元々力が強くて敏捷で、医術よりも武術の方が向いているのではと思うことはあったが、気配を消すのがあんなに巧いとは知らなかった。

「医師は諦めてこのまま帝の密偵になるつもりなのだろうか……」

それはそれで、折角の鍼の腕が勿体ないようにも思う。

「ちゃんと医師の勉強をしているのかなあ……」

饅頭を作って薬庫に預けておくと言ってから、ずいぶん日にちが過ぎた。

楊庵のことだから、何度も薬庫に足を運んだはずだ。

ずいぶんがっかりして、心配させたことだろう。

だがレイシのおかげで、董胡として楊庵に会える機会を持てた。

それが姫君の暮らしで鬱々とする董胡にとって、一筋の光のように思えた。

◆

楊庵が后宮で聞いた話は、偵徳を通じて神官に伝わるようになっていた。

偵徳は密偵の用命があるたびに、言いがかりをつけられて別室に連れていかれているらしい。帝の診察での拝座の姿勢が悪いだの、先日の反省文の内容に問題があるなどと、愚にもつかない理由だったが、おかげで内医司始まって以来の厄介者と、同僚医官たちから煙たがられていた。変に仲良くなろうと近付いてくる者もおらず孤立していて、密偵としては優良な人材だった。

そして偵徳の使部である楊庵が、内医官として身動きの取れない偵徳の代わりに情報を集めてくる。特に薬庫は使部が普通によく立ち寄る場所だ。宮内局の一階にあって、窓口に立つ万寿が相変わらず薬庫のほとんどを取り仕切っていた。

「けっ。また来たのかよ。董胡は来てないぞ。饅頭なんか預かってないから帰れ！」

あれから何度か顔を合わせたが、顔見知りにはなったものの仲良しにはなっていない。

「分かってるよ！　今日は董胡に会いに来たんじゃねえよ」

「じゃあ、何の用だ。医官の処方箋でも持ってきたのか？」

「違うよ。ちょっと聞きたいことがあるんだ」

「聞きたいこと？　俺に答える筋合いはないな、帰れ」

二言目には帰れと言われ、まったく取り付く島がない。

「俺じゃなくて董胡が欲しがっている情報なんだ。詳しくは分からないが后宮で身を隠していて自由に動けないらしい」

「董胡が？」

万寿は董胡と聞いて、少しだけ聞く耳を持ったらしい。

「まあ……お前には冬虫夏茸の借りが残っているからな。どうも嫌なやつに借りを作ったままだと寝覚めが悪い。聞いてやるよ。言ってみろ」

ひどい言い草だが、楊庵は董胡のためだとぐっとこらえて尋ねた。

「玄武の姫君で王琳という名を聞いたことがないかと思ってさ」

「王琳？」

万寿は王宮の薬庫を管理しているため、玄武の薬売りたちに知り合いが多い。

それゆえ各地の様々な情報をよく知っていた。

偵徳からあとは無理せず帝の密偵に任せておけばいいと言われていたが、楊庵としては董胡に会う日までに有力な情報を集めて役に立ちたい。万寿なら何か知っているのではないかと思ったのだが。

「貴族のお姫様ってのは屋敷の奥にいて下々に顔を晒すこともなければ、名前をみだりに言いふらすこともない。いくら出入りの薬売りでも姫君の名は分からないな」

「そうか……。知らないか……」

万寿が知らなければ、平民の楊庵に調べるすべはない。

がっくり肩を落とす楊庵を見て、万寿は少し気の毒に感じた。

「なんだよ。その王琳ってお姫様のことが分かったら董胡が自由になるってのか？」

「それは……分からないけどさ……」

楊庵は玄武の后に言われたことを伝えただけで、詳しい内容は聞かされていない。

万寿はため息をつきつつも、協力的な態度になった。

「まあ、今、近くにいる薬売りたちに聞いてみるが、高貴な姫君の名前なんか聞いたことともないやつらばっかりだぜ。あんまり期待するなよ」

楊庵は懐いた子犬のように目を輝かせた。

「本当か？　ありがとう、万寿！　どんな小さなことでもいいから分かったら知らせて欲しい」

万寿は楊庵にありがとうなどと言われて、少し面食らった。

「ふん。そういう素直な態度でいれば俺だって親切にしてやるんだよ。だが、くれぐれも期待しないでくれよ。何の情報も得られない可能性の方が高い」

万寿が言うのも当然だ。

薬売りといえば町から町、村から村へと売り歩く平民の仕事だ。

医家に出入りしているとはいえ、姫君の名前まで聞き出すのは難しい。

「うん。分かった」

だがしばらくして半分諦めかけていた楊庵は、思いがけない吉報を受け取った。

◆

偵徳は辺りを見回し誰もいないことを確認すると、そっと部屋に滑り込んだ。

内医頭、頑兼の医務所だった。

その奥に貴族医官だけが入ることのできる書庫があった。

主に歴代の皇帝の健康観察の日誌と、内医官の名簿などが保管されている。

皇帝の主治医である頑兼は齢八十を過ぎた高齢で、医務所では居眠りをしていることが多いのだが、意外にも物音に敏感ですぐに起きてしまう。

忍び込む機会を窺っていたものの、中々好機が訪れなかった。

だが今日は珍しく頑兼に来客があり、謁見の間で話が弾んでいるようだ。

偵徳は巻子が並ぶ棚を見回し目当てのものを探していた。

麒麟寮にいた頃から、貴族医官の立ち寄る妓楼などに出入りして調べていた。

そして探し物がこの内医司にあることまで突き止めたのだ。

『御霊守目録』と書かれた巻子を手に取って見る。

亡くなった皇帝と共に埋葬された副葬品の目録だった。

積み上げられた巻子の表書きを確認していく。

（あった！　これだ！）

『第十六代　孝司帝』の文字があった。

前皇帝の副葬品目録だった。

身につけた衣装をはじめ、冠、玉、鏡、愛用の茶碗（ちゃわん）、書物などが並ぶ。

膨大な数の副葬品を追って巻子を広げていく。

そして、終わりに近くなってようやく目当ての目録が出てきた。

目録……の一部として書かれていることがすでに腹立たしい。

――墓守――

まるで品目のように殉死者の名前がずらりと並んでいる。

まず后が数名。

子を持たず、身分もさほど高くない后は、行く当てを見つけられなければ、皇帝と共に殉死させられると聞いたことがある。中には自ら進んで殉死を選ぶ后もいるらしいが、ほとんどは後見を持たない気の毒な姫君たちだ。

そして侍従や臣下が数名。

最側近の侍従はたいてい殉死を選ぶというが、本人に選択の自由が許されている。

次の皇帝と対立していたりすれば、前皇帝の側近のほとんどが殉死を命じられることもあるらしいが、孝司帝の場合はさほど人数はいなかった。

そして次に名を並べるのが内医司の医官達だった。

内医司は玄武の管轄で、昔からすべて玄武の者が担っている。

内医頭（ないいのかみ）——蘇芳（すおう）

内医助（ないいのすけ）——吐伯（とはく）

貴族医官が二人、名前を連ねていた。

そしてその横に平民の内医官の名がずらりと並ぶ。

「これは……異国で切開術を習得したと名高い……。やはり葬られていたか……」

偵徳が憧（あこが）れた医師の名もあった。

これで伍尭國の医術は数十年遅れをとることになるだろう。その数十年の遅れによって、助かるはずだった尊い命の多くが奪われていく。とんでもない損失だった。

だが玄武公はその損失よりも、自分の権威を守ることを選んだのだろう。

「くそったれ野郎が……」

偵徳は思わず呟（つぶや）いていた。

そして名を追っていくうちに、一番見たくなかった名を見つけてしまった。

内医官——秋仲（しゅうちゅう）

「秋仲……。やはり……殺されていたのか……」

偵徳はぐっと込み上げるものを抑えるように口を覆った。

「俺の思い込みであればと思ったが……やはりお前は……」

それは偵徳にとっては、友人でもあり命の恩人でもある人物だった。

今も偵徳の顔に痛々しく刻印されている刀傷。頬を刻み胸から腹までを斬り裂いた刀傷によって、偵徳は死の淵を彷徨った。あの日のことは忘れたくとも忘れられない。

きっかけはほんの些細な出来事だった。まだ偵徳が十代前半の頃だ。

偵徳は村の治療院の息子である三歳年上の秋仲に憧れて、勝手に弟子を名乗っていた。すでに治療院を手伝っていた秋仲と違い、人の治療をさせてもらえなかった偵徳は、もっぱら野山で怪我をした動物の手当をして医師を気取っている子供だった。

その日も母犬とはぐれた迷子の子犬を抱きかかえ、秋仲の往診に付き添っていた。

「秋仲、こいつさ、前足を怪我して死にかけていたから母犬に置いていかれたと思うんだ。僕が治してやったから、母犬さえ見つけてやれば、もう置いていかれないよね」

「うん。あれほど瀕死の状態だったのに、よくここまで回復させたね。すごいよ、偵徳」

秋仲に褒められて、偵徳は顔をほころばせた。

子犬も「きゃうん」と鳴いてしっぽを振っている。

「偵徳に見つけてもらって良かったね。運がいい子犬だよ」

秋仲は子犬の頭を撫でて微笑んだ。しかし、前方を見て急に顔色を変える。

「偵徳、道の端に寄って！　貴族様の輿が通る」

突然慌てたように言って、片膝に額をつける拝座の姿勢になった。

偵徳も慌てて子犬を抱いたまま同じように拝座になって輿が通り過ぎるのを待った。

前後に十人ほどの従者を連れているが、四方の柱と天蓋があるだけの、ひどく開放的な輿だった。だが天蓋からは薄絹の帳が垂れ、漆塗りの高欄は金箔がほどこされ、なにより乗っている貴人の衣装の雅な様から、相当身分の高い貴族だと分かった。

　ぞろぞろと従者達が通り過ぎるのを頭を下げて見送っていた偵徳だったが、いよいよ輿が通り過ぎようという時、突然腕の中の子犬が「きゃん」と吠えた。

　慌てて口を押さえようとしたが、子犬は遊んでいると思ったのか、余計にきゃんきゃんと吠える。「こ、こら」偵徳は黙らせることに必死で輿が止まったことに気付かなかった。

「公子様に吠えるとは、なんたる無礼！」

　はっと偵徳が顔を上げると、従者の一人が刀剣を振り上げていた。

「ひっ！」と青ざめた偵徳だったが、輿の中から「待て！」という声が響いた。

「子犬か。こちらに来て見せてみよ」

　子どもの声だった。

　従者に促され、偵徳は立ち上がり輿のそばに子犬を抱いたまま近付いた。

　輿にいたのは角髪に結った髪を織紐で飾る、それはそれは美しい少年だった。

　おそらく十歳にも満たないだろう少年は、優しげな笑みをたたえている。

　偵徳はほっとして、子犬がよく見えるように首元に抱え上げて見せた。

「可愛い子犬だね」

にこりと笑う少年につられるように偵徳も微笑んだ。

「私に吠えなければ、もっと長生きできたのにね」

「え？」

偵徳は何を言われたのか分からなかった。

だが次の瞬間、目の前に血しぶきが上がり「きゃうん！」という子犬の断末魔の鳴き声と共に、激しい衝撃のような痛みが全身を貫いて偵徳は気を失った。

公子の刀剣が子犬と共に偵徳を斬り裂いたのだ。

そうして輿は何事もなかったように去って行ったという。

抱えていた子犬は真っ二つになるほどの傷で即死だったそうだ。

皮肉なことにその子犬のおかげで、偵徳の首から胸の上部の急所が守られて、秋仲の必死の止血と処置もあって辛うじて一命を取りとめた。

だが今もその古傷の痛みは偵徳を苦しめ続け、あの日の苦々しい怒りを忘れることはなかった。

後に、公子とは玄武公の子息のことだろうと知った。

半年ほど前、麒麟寮に玄武公の子息が編入してくると聞いて、もしやと思ったが雄武ではなかった。年齢的に考えても違う。雄武ではない。

(あの顔……。今もはっきりと覚えている)

大人になっているとはいえ、偵徳は会えば必ず分かると確信している。

そして共に麒麟寮に入り、伍尭國一番の平民の治療院を作ろうと約束した秋仲もまた、玄武公によって殺された。

激しい怒りが込みあげてくる。

（許さねえ。玄武公、その息子。それに大勢を道連れにして死ぬ皇帝。一人で死ぬこともできない弱虫野郎が。全員まとめて仇を討ってやる）

そのために密偵の仕事も甘んじて受け、王宮に入り込んだ。

それでも心のどこかで、秋仲は生きていると信じたかった。

しかし、この巻子に秋仲の名を見つけた今、もはや偵徳は復讐の鬼と化していた。

（皇帝も玄武公も……全部全部滅びてしまえばいい。覚えていろ。必ず後悔させてやる）

◆

「偵徳先生、吐伯って医師をご存じですか？」

それから数日後のことだった。偵徳の部屋を掃除しながら楊庵が唐突に尋ねた。

偵徳の頭の中は、ただの内医官の一人でしかない自分が、一番効果的に憎むべき人々を破滅に追い込む方法を、ひたすら練り上げることで忙しくしていた。

「吐伯？　なぜそんなことを聞く？」

偵徳は不穏な思考を止め、怪しむように楊庵に聞き返した。

「いや、ほら玄武のお后様に頼まれた例の件の話ですよ」

偵徳は神官から何か分かったことがあれば伝えて欲しいと頼まれてはいたものの、自分で調べるつもりはさらさらなかった。だが楊庵は真面目に調べていたらしい。

「なにせ、俺はお后様直々に頼まれたんですから」

先日から二言目にはお后と会話をしたことを自慢している。

董胡に認められたいのもあるが、后から大役を任されたと意気込んでいた。

「いやあ、帝のお后様ですから、それはもう寝所にも良い香りが漂い、高貴な声色というか、凜とした物言いと言いますか、お美しい方でした」

「顔は見てないだろうが」

「見なくとも分かります。天女のごとく美しい方です」

偵徳は少し呆れながらも、のん気な楊庵といる時だけは憎しみを忘れていられた。

「もうすぐ董胡と会う大朝会の日です。董胡の役に立ちたいのだろうと偵徳は思った。それまでにもっと情報を摑みたいのです！」

楊庵は張り切っていた。董胡の役に立ちたいのだろうと偵徳は思った。

「董胡か……。玄武のお后様のところにいるのだったな」

厄介なところに所属してしまったと、偵徳はそのことにも悩んでいた。

玄武公とその息子。そして皇帝。

偵徳の復讐の先に董胡がいる。下手なことをすれば深く巻き込んでしまう。

それに楊庵も内医司の中に置いたまま事を起こすわけにはいかない。

この二人の存在が偵徳の復讐を辛うじて押しとどめていた。

「それで……吐伯ってのは誰なんだ？」

最初の質問に戻った。

「それが、王琳っていう貴族女性を調べてもらおうと思って薬庫の万寿のところに行ったんですよ。最初は知らないって話だったんですが……」

驚いたことにその数日後に万寿は知っている者がいたと教えてくれた。

「なんでも壁宿に貴族の大きな診療所があって、そこに薬を卸していた男がちょうど麒麟の街に来ているらしく、その貴族医師の奥方様が王琳という名だったというのです」

非常に繁盛している診療所で、貴族だけでなく村の小さな治療院で治らない平民なども快く受け入れ、安く薬を分けてくれたりする医師だったそうだ。

近隣の農民からも慕われ、毎日代金代わりの農作物が山積みになっていたらしい。食べきれないほどになると、野菜を煮込み、味噌で味付けした大鍋を人々に振る舞ってくれたりもしたようだ。

「診療所には多くの医師や薬師が働いていて、患者も多く、薬剤の仕入れも大規模で多くの薬売りが出入りしていましたが、それらの手配を一手に引き受けて指示していたのが奥方様だったというのです。奥向きにいらっしゃったので顔を見てはいませんが、旦那様が王琳と呼んでいたのを聞いたと。大変な愛妻家で、話の節々に王琳、王琳と名前が出てくるほど信頼なさっていたようです」

威張り散らして平民医師をこき使う名ばかりの貴族医師が多い中で、ずいぶん気さくで医療にきちんと向き合っていた夫婦だったようだ。

そして楊庵の話を聞いていて、ずっと気になっていたことを偵徳が尋ねた。

「全部過去の話のように言うのだな」

医師だった、指示していた、信頼なさっていた。

すべて遠い昔の話のようだった。

「はい。それが突然三月ほど前に診療所が閉じられてしまったと言うのです。なんの前触れもなく、ある日突然診療所から人が消え、雇われていた医師もすべて解雇されたそうです」

「三月前？」

偵徳は考え込んだ。

「出入りしていた薬売りは吐伯様のことを非常に慕っていて、何があったのかと行方を捜しまわったそうです。そうして辿り着いたのは奥方様のご実家だったようです」

「奥方の実家？」

「はい。奥方様のご実家も兄である安寧という医師が診療所を開いているそうです。奥方様は兄の友人でもあった吐伯様の許に嫁いでいたようです」

「安寧……」

そういえば斗宿にいたころ、なじみの妓女達が壁宿には貴族でも良い医師がたくさんいるらしいと話していた。その一人に安寧の名も聞いた気がする。

「そしてそこで安寧様に聞かされたのは、吐伯様がもう亡くなられたという事実でした。奥方様は夫君が亡くなられ、兄の許に身を寄せて奥向きで診療所の手伝いをしているのだということでした」

そこまでが万寿から知らされた話だった。

そうして、偵徳は話の最初から気付いていたことを楊庵に告げた。

「吐伯という名も、王琳という名も、さほど珍しい名ではない。それがお后様の捜す人物かどうかは分からないが、俺は吐伯という名を最近目にしたばかりだ」

「えっ！　ほんとですか⁉」

楊庵は目を輝かせた。

「先代の皇帝の殉死者の一人。内医助の貴族医官だ」

〝内医助——吐伯〟

確かにその名を巻子の目録の中に見た。

だが三月前とは、すでに先代の皇帝が亡くなっている頃の話だ。

つまり皇帝が亡くなってから、慌てて貴族医官をすげ替えた。

殉死させるためだけに内医助に任じた。そう考えた方が自然だ。

おそらく平民にも人気のある目障りな医師を葬るために……。

（許せねえ。玄武公の野郎……）

貞徳はますます膨らむ憎しみに、ぎりりと拳（こぶし）を握りしめていた。

七、消えた菫麗

吊り燈籠が朱色の屋根をほのかに照らす朱雀の后宮には、帝の姿があった。

珍しくきちんと唐衣を着込み、御簾の中で畏まる朱璃の姿に黎司は目を見開く。

「今日は姫君らしく出迎えてくれるのだな」

もっとも御簾は上まで巻き上げられていて、扇で顔を隠してもいないのだが、歩揺を挿し、玉で髪を飾った様は極上の美しさだった。

「侍女達が一度でいいから后らしく帝を出迎えてくれとうるさいのです。きちんと装えば、陛下は私に骨抜きになり、毎晩通い詰めることだろうと言うので、では試しにやってみようということになった次第でございます」

御簾内の襖を隔てた隣にある侍女達の控えの間では、禰古をはじめとした侍女達が（なんでそれを言う）と青ざめて頭を抱えている。

「ははは。確かに毎晩通い詰めたくなる美しさだ。侍女は正しいぞ」

黎司は御簾の前に設えられた厚畳に笑いながら腰を下ろした。

「皇帝という立場も大変でございますね。そうやって四后の許に通って、思ってもいないお世辞を並べ立てねばならないのですから」

朱璃はため息をつき、いつもの気安さに戻った。

「思ってもいないことは言えぬ質でな。だからそなた以外の后の顔は見ておらぬ」

「え？」

朱璃は驚いた。

「見てないのですか？　青龍や白虎の后は分かりますが、玄武のお后様も？」

四公の一の后は、月に一度は渡らねばならないという慣例があるため、青龍や白虎の后の許にも何度か通っているが、御簾ごしに少し話をするだけで帰っている。

「玄武の后も……薬膳師の作った料理を食べて話をするだけだ」

朱璃は唖然とした。

帝は少しばかり奥手のようだとは感じていたが、まさか顔も見ていないとは。

「陛下は……畏れながら……男色でございますか？」

あけすけな問いに、侍女の控えの間から「朱璃様っ！」と叱責する禰古の声が襖ごしに聞こえてきた。

「ははは。まあ……后達はみな、そう思っているかもしれぬな」

黎司はどうということもない様子で答えた。

「それで良いのですか？　玄武のお后様もそのように思っているかもしれませんよ」

「………」

黎司はしばし考え込み答えた。

「例えば……そなたの美しさに私が骨抜きになり、毎晩のように通い、子が生まれたとしよう。その後、私が暗殺され弟宮が皇帝になったとすれば、そなたはどうなると思う？」

「………」

今度は朱璃が考え込んだ。

「子を産んだ后は……后宮に残り帝の血を引く我が子の教育に生涯を捧げます」

子がいなければ、一の后になるほどの高位の姫君なら実家に戻って離宮を与えられるか、出家して仏門に入るか、他の貴族に嫁ぐ場合もあるだろう。

「それは次代の皇帝が政敵でなければの話だろう？　私を危険とみなす者ならば、その子孫が無事でいられると思うか？」

「それは……」

朱璃も朱雀の妓楼街での事件以降、国の在り方について黎司と語り合う機会も増えた。

朱雀に危険な金丹を広めようとしたのは誰なのか。

なぜそれが朱雀だったのか。

誰が朱雀を目障りに思っているのか。

それらを追っていくと、皇帝の抱える問題が透けて見えてくるような気がした。

「過去に二度ほど政敵によって代替わりした皇帝がいた。その子孫は后も含め、悉く殉死させられたと聞く」

「ではそれを避けるために陛下は后達の顔すら見ないというのですか？」

「そなたのように美しい姫君を前にして私の理性がどこまで保てるか自信がないからな」

わざと冗談っぽく言ったが、それは黎司の本音だった。

ただし、玄武の后だけはどうしても顔を見たくなったことがあった。

どんな姫君なのだろうと、好奇心が抑えられなかった。

しかし幸いにも、それは后の拒絶によって叶わなかったのだが……。

「同じようなことが、四公の代替わりでも起こっている。例えば先代から朱雀の鳳氏の血筋が変わったのも、調べていくとおかしなことがいっぱいある」

黎司は持参していた巻子を袂から取り出し、朱璃の前に広げて見せた。

それは朱雀の后宮の系譜だった。

「そなたに頼まれた女性を調べてみて気付いた」

朱璃は少し前に、帝に幼い頃の想い人『とうれい』について調べて欲しいと頼んでいた。

昔、三の后宮に住んでいた侍女見習いか乳母の娘だろうと伝えたのだが……。

「我が母君、凰葉の名がここにある」

黎司は巻子の半ばあたりに書かれた名を指さした。その下に没年月日が書かれている。

それと前後して、多くの侍女が亡くなっている。系譜には貴族しか載っていないため女嬬や雑仕までは分からないが、おそらくもっと多くが亡くなっている。

「同じ頃に先々代の朱雀公とその息子、つまり凰葉様の兄君も亡くなったと聞きました」

朱璃は驚いたように告げる。たまたま流行り病が広がっていたので、そのせいだろうと疑問に思う者はいなかった。

「偶然が重なり過ぎている。何かがおかしい」

彼らはすべて黎司の強い後見となる貴族だった。生きていれば、黎司の治世はもっと楽に貴族をまとめることができただろう。

つまり……黎司を目障りに思う者にとって、やけに好都合な流行り病だった。

「ですが后宮でも流行り病が広がっていただけでは……」

「私もそう思っていた。だがそれでは都合が良すぎると教えてくれたのが、そなたの捜す『とうれい』なのだ」

「とうれいが？」

黎司は、ずっと系譜の隅に書かれた名を指さした。

三の宮に住む皇女。

母親の身分が低いため三の宮を与えられていたが、帝の血を引く由緒正しき麒麟の姫君、濤麗。

「皇女!?」

朱璃は驚いた。

二十年も前の記憶だが、単姿で走り回っていたとうれいの姿を鮮明に覚えている。着物の裾をたくしあげて、中庭に住むあらゆる生き物に声をかけて回っていた。不思議なことに小鳥も栗鼠も池の魚も、昆虫たちでさえ、とうれいの周りに集まってきた。まるでとうれいが来るのを待っていたかのように。

だが宮の人々には、はしたないといつも叱られていた。

そんな彼女が皇女だなどと思いもしなかった。

三の宮に住んでいるというのは、侍女見習いや乳母の娘などではなく、宮の主だったのだ。

「見てみよ。同じ后宮に住んでいるというのに、三の宮の者だけは誰も死んでいない」

黎司は三の宮の系譜を指し示した。

「本当ですね……」

没年月日は宮で亡くなった者しか書かれていない。濤麗とその侍女達は凰葉が亡くなってしばらくしてから宮を出ている。その行き先は……。

「玄武公……亀氏……」

亀氏嫡男・奨武に輿入れ、と書かれている。

「奨武とは、現在の玄武公のことだ」

「で、では……濤麗は玄武公の……」

「亀氏が報告している系譜にも確かに濤麗の名があった。だが輿入れして数年で亡くなっている。現在の正妻は白虎の后宮にいた皇女だ。あまりに早く亡くなったため、それを記憶している者もほとんどいない。私も知らなかった」

「では濤麗はもう……」

朱璃は唇を噛みしめた。覚悟はしていたが、もうこの世にいないという虚しさだけが胸に広がる。

「だが……最近になって、私は知らず濤麗の名を見ていたのだ」

「…………？」

朱璃はもはや空虚になった目で帝を見上げた。

「四公から輿入れしてきた后について、当然だが一通りの素性を調べさせていた。その調書の中に、濤麗の名が記されていた」

「…………」

朱璃の目に再び光が戻ってくる。

「濤麗は姫君を一人産んでいる」

「姫君を？」

「現在の玄武の一の后ということになっている」

「!!」

朱璃は唖然として黙り込んだ。

「だが長く玄武の一の姫君は白虎の正妻から生まれた姫だと思われていた。そんな姫君がいたという話は聞かなかった。玄武に近い間者の話では、そんな姫君は宮にはいなかったと。生まれてすぐに行方知れずになったはずだと首を傾げている」

「行方知れず？」

黎司は肯いた。

「そして玄武の后自身からも、事情があって玄武公から疎まれる存在だと聞いている。私はその言葉に嘘はないと思っている」

朱璃は散らばった情報を頭の中で目まぐるしく整理した。

（濤麗の娘が玄武の一の后？　では濤麗に瓜二つの侍女頭・董麗と薬膳師の董胡は誰？　私が会ったのは誰だったのだ）

「陛下……玄武の后は……」

朱璃は自分が見たものをすべて帝に伝えるべきかと悩んだ。

もしや玄武の后とは、とんでもない食わせ者かもしれない。

何を企み、帝の心さえ摑もうとしているのか……。

しかし朱璃が何かを告げる前に帝が口を開いた。

「四公の后の中で、本物の一の姫君はそなただけだ、朱璃」

「私だけ？」

「そうだ。青龍と白虎は先帝の崩御と共に慌てて親戚筋から養女にした姫君だ。非常に近しい血筋ではあるものの、本当の一の姫君は次の皇帝のために温存している」

「次の皇帝のために？」

それは、次がそう遠くない未来だと思っているからだ。

「玄武もまた本当の一の姫君を温存していると思った方が自然だろう。ならば、濤麗の娘だという玄武の后は誰なのか……。鼓濤は明言することを避けている。それらのことから考えられるのは一つしかないと私は思っている」

「それは一体……」

朱璃はごくりと唾を飲み込んだ。

「濤麗が玄武公以外の相手との子を産んだのだろう」

「!!」

不義の子。玄武公が最も疎ましく思う姫君。言葉に出すことも憚られる不名誉。

「濤麗が早世したのは、あるいはそのことが露見したせいかもしれぬ」

「ではまさか……怒った玄武公が濤麗を……」

──殺した──

玄武公ならやりかねない。充分ありえる。

「だがなぜ、その子供は殺さなかったのか。もしかすると、濤麗の娘というのも偽りかもしれぬ。行方知れずという系譜を利用して作り上げた姫君なのかもしれぬ」

「それは……」

濤麗を知っている朱璃には、一つだけ確かに分かることがある。

父親が誰であろうと、間違いなく濤麗に瓜二つの娘が生きている。

「陛下は玄武の后に問いただされないのですか？」

后に問いただし、玄武公を責め立てても当然の内容だ。

玄武公の血筋でもない不義の姫君など、親戚を養女に仕立て上げるより質が悪い。

「問いただしたところで、傷つくのは后だけだろう。玄武公はしらを切りとおし、醜聞だけが鼓濤を苦しめることになるだろう」

「陛下……」

帝は気付いていて、わざと問いただされずにいるのだ。

すべて玄武の后のために……。

だが朱璃は知りたい。

濤麗に何があったのか。侍女頭の董麗と薬膳師の董胡は誰なのか。

すべてをつまびらかにしてから、帝に伝えるべきかどうか考えよう。

朱璃の腹は決まった。

「お調べくださりありがとうございました、陛下。濤麗が亡くなっていたことは残念ですが、素性が分かり納得できました」

朱璃は粛々と礼を言い、今はそれ以上のことは何も言わないことにした。

さほど時間のかかることではない。

調べるのは簡単だ。そう思っていた。

◆

七曜に一度の大朝会の日を朱璃は指折り数えて待ち構えていた。

侍女頭の禰古には、先日と同じように菫麗を朱雀の后宮に連れて来るように言ってある。

朱璃がいろいろ気付いていることも知らず、のん気にやってきた菫麗を問い詰めて、すべて白状させるつもりだった。

それで何もかもはっきりする。

その後は菫麗が何を企んでいるのかを聞き出し、それによって帝にすべてを打ち明けるかどうか判断しようと思っていた。

だが大朝会から戻ってきた禰古は信じられないことを告げた。

「菫麗が消えました」

「は？」

朱璃は訳が分からず聞き返した。

「大朝会に菫麗の姿はありませんでした。玄武の侍女頭は別の者に代わっておりました」

「体調でも崩して代わりの者が出たのだろうか？」

「いいえ」

禰古は戸惑うように続けた。

「それが……玄武の一の后宮には、今まで侍女頭はいなかったと……」

「侍女頭がいない？　そんなはずはないでしょう？　現に私も何度も会っている」

「はい。私も玄武の侍女頭の方に申し上げたのです。新しい方はお美しい方なのですが、なんというか口数少なく、静かな迫力がおありの方で……」

屈託なく誰にでも話しかける禰古ですら、言葉をかけるのに勇気がいる人のようだ。

「董麗という侍女がおられるでしょうと問いましたら、冷ややかに私を睨みつけて『聞いたこともありません』と一言答えて、さっさと大座敷を出ようとなさいまして……」

「聞いたことがない？　ばかな……」

朱璃は唖然とした。

「それでも私は勇気を振り絞り侍女頭の方の手首を引いて呼び止めました」

禰古はその場面を思い出して身震いをする。

「それはもう、氷柱を掴んだような冷たさで、血の通っている者の手首ではありませんでした。そして氷女のような凄みのある目つきで振り向かれ、私は悲鳴を上げそうになるのを堪え尋ねたのです。では薬膳師の董胡は知らないかと」

「そ、それで？」

朱璃は身を乗り出して尋ねた。

「『一の后宮には薬膳師などおりません』と冷たく答えて行ってしまわれました」

「薬膳師がいない？」

朱璃は何が起こったのか理解できなくなっていた。

「侍女頭の董麗も薬膳師の董胡も、まるで最初からいなかったかのように消えてしまったのです。他の方に聞いても、董麗は大朝会で私以外の誰とも仲良くしていなかったようで、みな知らないと答えるばかりなのです」

ようやくすべてが分かると思っていたのに、二人とも忽然と消えてしまった。

「ああ、朱璃様。私これ以上、あの血の通わぬような冷たい玄武の侍女頭に話しかける勇気がございませんわ。あの方には人の温もりがございません。そして何を急いでいるのか、会が終わると一番に大座敷を出ようとなさっていて、にべもないのです」

人懐っこい禰古にしては珍しく、話しかけるのも嫌らしい。

「いったいどういうことだろう……」

朱璃はただただ呆然と考え込むばかりだった。

八、紅菊の密会

董胡が楊庵と約束した大朝会の日になっていた。

前回の大朝会で王琳がどれほどの時間で戻ってくるのか様子を見て、王琳配下の女孺や雑仕がどういう動きをするのか確かめておいた。

女孺や雑仕はさほど問題ではなかった。鼓濤を見張る配置にはなっていたが、御簾の中まで見るわけにはいかないので、なんとでも誤魔化せる。

そして注意深く探っていたおかげで、一つ気付いたことがあった。

王琳は、大朝会の後、二の后宮にいる皇太后を密かに訪ねていたのだ。

やはり玄武公と皇太后の間者だった。

鼓濤について報告するよう命じられているのだろう。

皇太后への報告の時間も含めると、医官に変装して戻ってくる時間は充分にある。

「鼓濤様、お早くお戻りくださいね。後生ですからね」

「こんなこと王琳様にばれたら殺されてしまいますわ。ひーん。恐ろしや」

二人の侍女は不安そうに董胡に懇願した。よほど王琳が怖いらしい。

王琳が大朝会に出掛けるとすぐに、董胡は御簾の中で医官姿に着替えた。

「分かってるよ。情報を聞き出してくるだけだ。すぐ戻るよ」

董胡は御簾の裏から寝所を抜けて、こそこそと貴人回廊の下をくぐって門を出た。

門兵はいるが、木札と医官の袍服と襷があれば問題なく通れる。

久しぶりの解放感を満喫しながら、白虎の園丁寮で管理しているという菊の花壇に向かった。白虎の宮は玄武の后宮の隣に位置していて、思ったよりも近い。だが医官の董胡が足を踏み入れる必要もない場所だったため、初めて見る景色に驚いた。

「菊の花壇って、こんなに？」

到着してみると、思ったよりも大規模な花壇だった。竹垣に屋根をつけた上家に風通しの良いよしずを壁のように張った建物が、貴人回廊に添うようにずらりと並んでいる。上家ごとに違う種類の菊が植えられているようだ。

一本ずつ等間隔に植えられている黄菊の花壇。一つの株から数十の花を咲かせる白菊の花壇。垂れさがるように咲き乱れる小さな野菊の花壇。黄、白、桃色の菊が交互に並ぶ花壇。どれも趣向が凝らしてあって素晴らしい。

さらに廂の下を彩る垂れ幕と絞りの房が花壇に華やかさを添えていた。

上家の一つ一つに屋号を書いた立て板があり、品評会のように競っているようだ。

さすが商魂たくましい白虎は、花壇一つでも商売に結び付けているらしい。

貴人回廊からは花壇を眺める貴族の姿がちらほらと見られる。

気に入った菊を注文しているのか、御用聞きが忙しそうに飛び回っていた。

医官姿の董胡は、貴人回廊を歩く身分ではないので、竹垣の裏をきょろきょろと歩き回っているが、菊を手入れする職人なども出入りしていて人通りは多い。

平役人の平民や宮女なども足を止めて見入っていて、医官の董胡がうろうろしていても特に違和感もなく目立たないようだ。

「それにしても紅菊ってどこにあるんだろう?」

花壇に植えられた菊は、黄菊と白菊がほとんどで、紅菊が見当たらない。

うっすら桃色に色づいた菊もあるが、紅菊とは言わないように思う。

先日レイシの湯豆腐に入れた紅菊は食用のもので、小ぶりであまり観賞用にはならない。

この大輪の黄菊や白菊の中では見劣りしてしまうだろう。

「食用だけに育てているのかな?」

そうして見渡すと、よしず壁に囲まれた花壇の裏手に紅が広がる一画が見えた。

貴人回廊からは見えない裏側だ。

「あそこか」

確かに花壇の裏側で目立たないが、やっぱり楊庵となら宮内局の薬庫で会った方が落ち着いたと思う。

「なぜ神官様はこんなところで会うように言ったのだろう?」

董胡は花壇というより畑のように植えられた食用の紅菊を眺めながら首を傾げた。

「それにしても、さすがは王宮だな。よい紅菊だ。色付きも良いし花びらが綺麗に筒状になっている。歯ごたえのある美味しい酢の物にできそうだ」

菊の花びらは平状のものと筒状のものがあり、遠目には同じように見えるかもしれないが、よく見ると筒状のものは一枚一枚が巻物のように丸まっている。これがしゃきしゃきした歯ざわりを作り、酢を加えることでより鮮やかな色を出し料理を華やかにしてくれる。

「梅肉と和えたらどうだろうか。いや、胡桃をすり潰して蜜醤油で味付けしてもいいかも」

薬膳の材料になるものを見つけると、ついあれこれ考えてしまう。

「なるほど。美味そうだな」

「ええ。でも早く収穫しないと盛りを過ぎてしまいます。これなんか食べごろなのにな」

思わず答えて、はたと誰にしゃべっているのかと隣を見上げた。そして思考が止まる。

「この美しい菊を見て、食べることばかり考えているのはそなたぐらいだろうな」

薄紫の被衣を頭の上から被って立つ貴人がいた。

「レイシ様っ！」

思わず董胡は叫び、慌てて口を押さえた。

「ど、どど、どうしてレイシ様がっ？」

これはレイシであると同時に皇宮に住まう皇帝その人なのだ。

こんな所を従者も連れずにうろうろしていい人ではない。

「私では迷惑のようだな」

少し拗ねたように言うレイシに董胡は慌てて首を振った。

「そ、そういうことではなく……その……従者も連れずに出歩いて大丈夫なのですか？」

レイシが帝だと気付いていることは言わない方がいいのだろう。

「大丈夫だ。そこに翠明も来ている」

レイシが指差す方向を見ると、少し離れて翠明が控えていた。

「皇宮では翠明の式神が私の代わりに一生懸命働いている振りをしている」

つまり、こっそり抜け出してきたということだ。

翠明は董胡と目が合うと、三日月目に眉を寄せ、困ったように苦笑している。

相変わらず無茶を言って翠明を困らせているようだ。

「楊庵から上がってきた報告で、后宮にそなたが見当たらないと聞いて心配したぞ」

「そ、それは……」

単に医官姿になれなかっただけで、董胡はずっと后宮にいた。だがもちろん言えない。

「新しい侍女頭は薬膳師がいることを知りませんので、身を隠していました」

「知られてはまずいのか？」

「は、はい。出来れば知られない方が、こうして密かに動きやすいかと」

「ふむ……。玄武のお后様も難しいお立場のようだな」

レイシが鼓濤に敬語を使うと、自分に言われているようで居心地が悪い。

「お后様から依頼を受けた侍女頭・王琳について、楊庵がいろいろ調べてくれたようだ……と帝がおっしゃっていた。なかなか使える男のようだな」

「楊庵が？」

「そなたに会いたがっていたらしく、別の者が伝えに行くと言うとずいぶん不服そうにしていたようだ。そなたも会いたかっただろうに済まぬことをしたな」

「いいえ……。元気ならいいのです」

顔を合わせてはいないが、先日鼓濤として会話もできた。

「楊庵には……五年前に会ったレイシ様が帝のお側にいると言っていないのですか？」

「そなたは言ってないのか？　そなたが言ってなければ知らぬだろう」

「私は……言っていません」

楊庵に言う時がくるとしたら、レイシが帝だったと伝えることになるだろう。

「知らぬ方が良いかもしれぬ。昔から私が気にくわないようだったからな」

「そんなことは……」

ないとも言い切れない。先日の話しぶりからしても好感は持っていないようだった。

(自分がその密偵になっていると知ったら、きっと怒ってやめると言い出すだろうな)

やはり言う時は、レイシが帝なのだと伝える時だろう。

それを伝える時は、董胡が玄武の后だと伝える時でもあるのかもしれない。

「それで……王琳様というのは……」

董胡は気持ちを切り替え、レイシに尋ねた。

「うむ。どうやら先帝の内医助・吐伯の妻だった女性のようだ」

「内医助の妻？　夫のある方だったのですか？」

なんだろう。ひどく違和感がある。

いつも冷たい印象で、感情が薄く口数も少ない。

仕事には有能なのだろうが、誰かと愛し合ったり、寄り添い合ったりということと無縁に生きてきた人のように感じていた。

「だが夫は三月ほど前に亡くなっている。皇帝の内医司の殉死制度によってな」

「殉死制度……」

「内医司の医官については名を公表されることはなく、職務につけば王宮内で暮らし、家族に会うこともできない。そして殉死した後にようやく内医官であったことを知らされる者が多い。平民医官は死んだ後も知らされない場合もある」

「では王琳様も知らないまま夫と離れて暮らしていたのですか？」

それならば、王琳の醸す孤高の冷たさのようなものが分かる気がする。

「それが殉死する直前まで壁宿の診療所で働いていたというのだ。私の方でも調べてみたが、多くの証言がとれた。間違いない」

「直前まで!?ということは……」

レイシは肯(うなず)いた。

「殉死させられるために任じられた。私は皇宮に住まう者として、内医司の顔ぶれぐらいは知っている。内医助は確か玄武公の親類筋の者だったはずだ」

玄武公の腹心の男だった。黎司と翠明が最も警戒していた医官なのでよく覚えている。彼は今も元気に生きていて、玄武公の主治医になっているらしい。

「では自分の身うちの首とすげかえて、王琳様の夫を?」

相変わらず玄武公のやることは汚い、と董胡は苦々しく思った。

「先帝の死と前後して、多くの優秀な平民医師も内医官に任じられていたらしい。それらの名簿は内医頭(ないいのかみ)が保管していて、私も知らなかった」

先日、いつものように帝の診察の時に偵徳を別室に連れて行き、翠明の従える神官がその報告を聞いた。そして内医司にそのような墓守の名簿があることを聞かされた。

黎司はすぐさま頑兼内医頭を呼んで、名簿を見せるように命じたのだ。

そこで初めて、殉死制度の実態を知った。

いつの間にか亀氏の立場を脅かす医師を一掃する、便利な制度に成り代っていた。

代替わりのごたごたと多忙の中で、密(ひそ)かに医師の命が都合よく葬り去られてきたのだ。

「ですが、それなら王琳様は玄武公を憎んでいるのでは？　なぜ言いなりになって一の后の侍女頭などを引き受けたのでしょうか？」

「それが分からぬ。あるいは王琳も夫を殺したいと思っていたのか……」

「では夫が殉死させられる方が王琳様も都合が良かったと？　あるいは自ら葬り去って欲しいと玄武公に頼みに行ったとか？」

それなら交換条件として侍女頭になったのかもしれないが……。

「だが、壁宿の間者の話では、吐伯というのは非常な愛妻家だったようだ」

「愛妻家？」

また、王琳に似つかわしくない言葉が出てきた。

「甘味好きの妻のために、いつも糖菓子を買い込んでいたという話もあった」

「甘味好き⁉」

ますます王琳らしくない。

「それは……本当に侍女頭の王琳様と同一人物でしょうか？」

どうも怪しくなってきた。

別の王琳と間違えているのかもしれない。

「貴族の姫君の話ゆえ、どれも顔を見た者の証言ではない。だが、夫を亡くした後、王琳は実家の兄の診療所に身を寄せているという話になっていた。それが少し前に輿でひっそり出て行ったという噂がある。家の者も二十日ほど姿をみていないという話だ」

玄武の宮に呼ばれ、その後王宮にやってきたのなら時系列に矛盾はない。

考え込む董胡は、ふいにぐいっと手首を摑まれレイシに引き寄せられた。

「⁉」

気付けば抱え込まれるようにレイシの被衣の中に入っていた。

ふわりと良い香りがして、間近にあるレイシの横顔にどきりとした。

菊植えの職人らしき男が二人、話しながら通り過ぎていくのを見ている。

男達はよしずの裏に隠れるように立つレイシと董胡に気付かず歩いて行った。

警戒するレイシは、呆けたように自分を見上げている董胡に気付き、静かにするようにと唇に指を一本たてて微笑んだ。その天人のように美しい顔がすぐ目の前にあるのだ。

(なんて罪深い……)

破壊力のある麗しさ。

こんな顔で微笑まれたら、董胡でなくても平常心を保てない。

(ど、どど、どうしよう。顔が赤くなる。レイシ様に気付かれてしまう)

思わず俯く董胡の耳にレイシの鼓動が聞こえる。息遣いを感じる。

「行ったようだな……。下手に見つかって拝座になられても困るからな」

被衣で顔を隠していても、どう見ても貴人にしか見えないレイシと出会ったら、平民は脇に避けて拝座で通り過ぎるのを待たねばならない。

(そうか……。貴人回廊の近くのこの場所が、レイシ様が出歩けるぎりぎりの場所だったんだ。薬庫で待ち合わせたりしたら、拝座の列が出来て大騒ぎになるものね。万寿だって拝座のまま畏まって顔も上げられないよね)

なぜここを待ち合わせ場所にしたのかを今更理解した。

大朝会の短い時間で会える場所に、無理をして出向いてくれたのだ。

楊庵に任せておくこともできたのに、董胡に会うためだけに危険を冒して来てくれた。

（この美しく尊い人が……）

レイシは崇めるように自分を見つめる董胡に気付いて、躊躇いがちに口を開いた。

「董胡……。私は実は……」

言いかけたレイシだったが、董胡はつい先ほどまでとまったく違う難しい表情になって、食い入るように自分を見つめている。

「？　董胡？」

レイシは眉間を寄せて自分を凝視する董胡に首を傾げた。

「レイシ様。ちゃんと食事を摂れていますか？　あまり食べていませんね？」

間近ではっきりと見たレイシの発する色が尋常ではなかった。

レイシの放つ色は五色の均衡がとれているが、淡く淡く、風景に透けてしまう蜻蛉のような光だ。数日会わないだけで、思った以上に拒食が進んでいた。

「少しは……食べている……」

レイシは怒られた子供のように言い訳をする。だが嘘だ。ほとんど食べていない。

前回は王琳がいて后宮で料理が出せなかった。最後にレイシに料理を出したのは王琳が来る前だ。あれからずいぶん日数が経っている。

「私がレイシ様に毎日料理を作れたらいいのですが……」

レイシは董胡の言葉に瞠目し、ずっと渇望していた願いを吐くように問うた。

「では……私のところに来るか？」

「え？」

唐突な誘いに董胡は目を見開く。

「王琳に見つかりたくないのだろう？　ならばしばらく私のところに匿ってもいい」

「それは……」

夢のような申し出だ。このままレイシについて行き、薬膳師として存分に料理を作ることができたなら……。玄武の后なんて今すぐやめてレイシと共に行けたなら……。

(鼓濤なんて知らない。私は董胡なんだ。レイシ様の薬膳師を目指す董胡なんだ)

はい行きます、という言葉が喉の手前まで出かかった。

だが口に出せなかった。后宮で待つ茶民や壇々や女嬬たちの顔が浮かぶ。

「それは……できません……」

董胡は俯いた。

レイシは分かっていたように微笑んで、ぽんぽんと董胡の頭を撫でた。

「そう答えるだろうと思っていた。それに、そなたに直接頼みたいことがあるのだ」

「頼みたいこと？」

レイシはふっと真剣な表情になった。

「帝の先読みが出された」

「先読みが⁉」

思いがけない話に驚いた。

「まだ少し先のことだ。何も定まってはいないようだ。だが一つだけ明確になっていく景色があるという……」

「それはいったい……」

レイシは少し躊躇うように言い澱んだ。

「玄武のお后様らしき姫君が捕らえられている……」

「な⁉　まさか……」

それはつまり鼓濤であり董胡ということだ。

「顔ははっきり見えないが黒の表着や宮の雰囲気が明らかに玄武の后宮に見えたそうだ」

「いったい何の罪で？」

董胡は啞然として尋ねた。

レイシは、しかし首を振る。

「それ以上のことは分からない。だがお后様に用心して欲しいと伝えてくれ」

用心すると言っても、何に用心すればいいのか分からない。

だが現状で考えられるとすれば、やはり王琳がらみの何かに違いない。

「お后様を守ってくれ、董胡」

「レイシ様……」

深々と頭を下げるレイシは、鼓濤のことをひどく心配しているようだった。

それを告げるために危険を冒してまで董胡に会いにきたのだ。

またちりりと心のどこかが痛む。

レイシ、いや帝にとって薬膳師・董胡よりも、玄武の后・鼓濤の方が大事なのだ。

どちらも自分なのに、鼓濤を妬ましく思ってしまう。

「陛下も……祈禱殿に籠って回避できるように祈り続けるとおっしゃっている……」

決意を込めたように言うレイシは、すでに体を酷使するほど祈り続けていたようだ。

（それでこんなに拒食が進んで……）

偽の后、鼓濤などのためにそんな無茶をしなくていいのに、と思ってしまう。

このままではレイシの方が先に倒れてしまう。

董胡はすでに決めていた。

問題は山積みだが、まず最優先すべきはレイシの食事だと。

「レイシ様。祈りの成就には健全な気が必要です。健全な気とは健全な心身に宿るものでございます。そして健全な心身とは血肉に必要な栄養を摂れてこそ整うのです」

「それはもちろんそうだが……」

今更なにを……という顔でレイシは董胡を見た。

レイシだって栄養が摂れるものなら摂りたい。それが出来ないから拒食なのだ。

「陛下に玄武の后宮にお越しくださるよう伝えてください。私が気を整える薬膳料理を用意します」

「だがそなたは王琳に見つかりたくないのであろう？　どうやって后宮で料理を作るのだ」

「王琳を説き伏せ、料理を作ってみせます。侍女頭がどれほど恐ろしくとも、宮の主は鼓濤様です。鼓濤様が命じれば、出来ないことなどないのです」

出来ることなら誰に対しても権力を振りかざすようなまねはしたくなかった。

しょせんは偽の刹那の権力だ。そんなものを使うのは間違っている。

だが自分のために必死に動いてくれるレイシが拒食になっていくのを、指をくわえて見ているわけにはいかない。

レイシを守るためなら権力だってなんだって使えるものは全部使う。

(王琳が何を言おうとも、絶対料理を作ってやる)

「どうか本格的に祈禱殿に籠る前に、后宮にお越しになるようお伝えください。それが鼓濤様をお救いする近道でございます」

鼓濤を引き合いに出せば、レイシは断らないだろうと判断した。

レイシは「無理はするな」と言ったものの「伝えておく」と約束してくれた。

そうして紅菊の密会は終了した。

◆

董胡がレイシと別れ后宮で着替えを済ませた頃、王琳は大朝会を終えて二の后宮にいる皇太后の御座所にいた。

「后の様子はどうじゃ、王琳」

御簾の向こうから皇太后の歳を重ねた貫禄を感じさせる声が響いた。

扇を持ってひれ伏す王琳は、いつもと同じ感情のない冷えた声で答える。

「はい。相変わらず無作法で、言葉遣いも振舞いも浅ましいものでございます。少し目を離すと男のような物言いをして単姿で宮を歩き回る始末でございます」

「ふ……。しょせんは卑しい育ちよ。そうであろうとも」

皇太后の言葉に合わせたように、御簾の横に並ぶ侍女達が「ほんに」と肯き嘲笑する。

「王琳殿もお気の毒なことですわ。大きな診療所を持つ奥方様だった姫君があのような無粋な者の世話をせねばならぬとは」

「さぞご心労があることでしょう。心中お察し致しますわ」

鼓濤が、幼い頃に行方不明になって平民に育てられた、血筋も怪しい姫君であることは王琳にも知らされていた。最近になって現れ、帝への輿入れを望んだ野心の強い強欲な女だと聞いている。その下賤な女が暗愚の帝に取り入り、良からぬことを企んでいるのだと。

とりあえず后宮に入り込み、何を企んでいるのか探って欲しいと頼まれていた。

同情する侍女達に肯き皇太后が尋ねた。

「他に気になることはなかったか？」

再び問われ、王琳は思い当たることをすべて話した。

「お暮しは質素なようで衣装や装身具などもお輿入れの時に持ってきたものだけのようでございます。一の后様とは思えぬ物の少なさですが……そういえば薬草だけは櫃にいっぱいお持ちでございました」

「薬草？」

「はい。乾燥した草やら薬包紙に入った丸薬やらが溢れんばかりに入っていました」

鼓濤の持ち物は一通り確認していた。

「ふ……む。薬草は、王宮では医官でなければ手に入らぬはずだが……。自分で庭の草を摘んで作っているのか……」

「そうかもしれません。薬草をすり潰す薬研などの器具も御膳所にございました」

王琳の言葉に、皇太后の侍女達が呆れたように顔を見合わせた。

「まあ！　一の后ともあろうお方が、自分で草を摘んで薬を作っておられますの？」

「なんと無粋な。玄武の恥でございますわ」

「ああ、そのような方と同じ宮に住んでいるというだけでも嫌でございますわ」

王琳は侍女達の言葉に同調も否定もせず、淡々と事実だけを述べた。感情というものは、もうとっくの昔に枯れ果てていた。

「帝はどうじゃ？　本当に后を寵愛しているようであったか？」

皇太后は質問を続け、王琳は少し考え肯いた。

「一度お越しになっただけでございますが、大切に思っておられるようでございました」

「何を話しておった？　気になることはなかったか？」

「いえ。お忙しいようですぐに帰ってしまわれましたので……」

「すぐに帰った？」

皇太后は怪しむように首を傾げた。

「そういえば……お后様は帝がお越しの折に、ご自分の薬膳師に作らせたと言って薬膳料理を出していたようでございます。先日は私が禁じたため、出せなかったので帰られたのかもしれません」

「薬膳料理を？」

「はい。帝は毒見の従者をいつも連れてきているようでございました」

「一の后宮には薬膳師がいるのか？」

「いえ……。お恥ずかしいことでございますが……」

王琳は、さすがにこれは言うのも憚られるという様子で、少し躊躇ってから続けた。

「お后様は、ご自分で御膳所に立たれ、料理を作っていたようでございます。ですが帝には薬膳師が作ったと誤魔化していらっしゃいます。帝にだけではなく、ご自分と侍女達の食事も大膳寮から届いた料理を味付けし直して召し上がっていたようでございました」

　これには皇太后も侍女達も心底呆れたように絶句した。

「な、なんと！　后が自ら料理を作っていたと？」

「なんておぞましい……。野蛮極まりない」

「貴族の姫君が炊事をするなど……。呆れて物も言えませんわ」

　貴族の姫君にとって、料理は下賤の者がする仕事だった。

「私が宮に入ってからは一度もさせておりません。今後も厳しく見張っておりますゆえ、どうかご安心を……」

　王琳は淡々と答えた。

　だが、皇太后はふと面白いことを思いついたようにほくそ笑む。

「いや。見逃してやるが良いぞ」

「え？」

　王琳は初めて意表を突かれたように聞き返した。

「料理を作りたいのであれば、させてやれと言うておるのだ」

　王琳は扇の中で怪訝（けげん）な顔をして首を傾げた。

「特に……帝に料理を出したいと言うのであれば、作らせるがいい」

「よ、良いのでございますか？」

王琳は皇太后の真意が見えず、戸惑うように聞き返した。

「ふふ。だが……后の作ったその料理に毒など入っていたら、大変なことになるがな」

「⁉」

さすがの王琳も顔色を変えた。

「毒……？」

王琳の鉄壁の無表情に初めて歪が生じる。

「妾は焦っているのじゃ、王琳。こうして呑気に過ごしている間に、取り返しのつかぬことになってしまうのではないかとな」

「取り返しのつかぬこと……」

王琳の顔は蒼白になっていた。

もうこれ以上堕ちないというところまで底辺に行き着いたつもりでいたのに……。

まだ下があったのかと奈落の底を見つめているようだった。

「そなたの兄。安寧といったか……」

びくりと王琳の肩が跳ねる。

「評判の名医であるらしいな？　帝は、それほどの名医ならば自分の内医助の空席に任じるべきと強く請われている。帝はそなたも噂に聞く通り、我がままで無慈悲で、ご自分の思い通りにならねば癇癪を起こして宮女を斬り捨てるようなお方じゃ。我が兄上も、他の者にしていただけないかと必死で頼んでおられるが、聞き入れてもらえぬようじゃ。もしも安寧が任につけば、気に入らぬと斬り捨ててしまうことも充分ありえる話じゃ。帝に斬り捨てられぬとしても、内医助になったが最後、家族とは会えず帝の死と共に墓守として葬られる。そなたが誰よりよく分かっておるじゃろう」

「………」

王琳の額に冷や汗が滲み出る。

「兄上の話では、時間を稼ぐのもそろそろ限界だと。明日にも兄上の意を無視して帝が任じてしまいそうじゃと言うておる。妾はそなたが気の毒でならぬのだ。夫に続いて兄上まで無慈悲な帝の犠牲になるのは不憫じゃと。だからこうして王宮に呼び寄せ、そなたに別の選択肢を与えてやろうと尽力しているのではないか」

「まことに皇太后様の温かいお慈悲でございます」

「ほんにお優しいお方でございますよ」

侍女達が同調する。

「そなたの夫の吐伯は、瀕死の先帝の強い要望により内医助に任じた。しかし直後に陛下が身罷られ、ほんに不憫なことをした。先帝はそなたの夫の評判を聞きつけ、吐伯ならば病を治してくれると信じていたのじゃろう。それが裏目に出てしまったと我が兄上も責任を感じて、そなたを気にかけておる」

「………」

王琳は吐伯の名を聞いて、絶望のような悲しみが喉を締め付けるのを感じた。

「のう、王琳よ。安寧を救えるのはそなただけじゃ。今、帝が崩御されるようなことがあれば、内医助は空席のままで済むのじゃ。次の弟宮の内医助はすでに決まっておる。そなたの兄が内医助に任じられることは永遠になくなる。そうであろう？」

王琳は絶望の糸が幾重にも喉に巻き付くような息苦しさに声も出なかった。

「そなたも帝のうつけの噂は聞いておろう？　卑しき鼓濤は、それを逆手にとって色目を使い、思い通りに動かそうとしておる。医術に通じていたゆえ、安寧の評判を帝に耳打ちしたのも鼓濤かもしれぬ」

「ええ、おそらく鼓濤様ですわ。帝が頻繁に通っておられましたもの」

「それ以外に考えられませんわ」

侍女達が皇太后に同調する。

「鼓濤様が……」

王琳は怒りに震える手でぎゅっと扇を握りしめた。

「貴族はみな弟宮の即位を願っておる。今の帝の在位が長引けば、世は乱れ、民は不幸になるであろう。そなたの一歩の勇気で多くの者が救われ、国が繁栄するのじゃ。そなたは正しき行いをするのじゃ。亡き吐伯もそなたの善行を喜んでくれるはずじゃぞ」

王琳は手足の先から体が凍り付いていくような気がした。

「だが……無理強いはすまい」

皇太后はあえて一歩引き下がった。

王琳ははっと顔を上げる。

「すべてそなた次第だ。じゃがこうしている間にも帝が我慢しきれずに癇癪を起こして、安寧を内医助に任じてしまったなら、もう妾にもどうすることも出来ぬ」

「まあ！　皇太后様、そんな突き放すようなことをおっしゃらないであげてくださいませ」

「王琳殿、皇太后様が見捨ててしまったら、もう安寧殿を救う手立てはございませんよ」

「ご決断なさいませ、王琳殿！」

侍女達に急かされ、王琳の扇を持つ手はがたがたと震えていた。

それを見届け、最後のとどめとばかり皇太后は言い放った。

「よく考えることじゃ。のう、王琳よ」

「はい……。皇太后様……」

王琳は皇太后の部屋を辞し、よろけるような足取りで一の后宮に戻っていった。

九、帝の暗殺者

「急いで。急いでくださいませ、鼓濤様」

「王琳様が戻って来られますわ！　恐ろしや、恐ろしや」

董胡は茶民と壇々に急かされながら、御膳所で饅頭を作っていた。

董胡がレイシに会った後、鼓濤の姿に着替えてからもまだ王琳が帰ってくる気配がなかった。なのでこの隙に饅頭を作ろうということになった。

たとえ王琳が帰ってきても、もはや料理をやめるつもりはなかった。

皇太后に言いつけようが、玄武公に告げ口されようが構わない。

料理だけはなにがあっても作ると決めた。

だが茶民と壇々はそこまでの覚悟はないようで、ひたすら怯えている。

「やはり不躾ながら、王琳様は氷女だと思いますの。人の心を凍らせて言いなりにする妖でございますわ。命じられると逆らえない気を発しているのですわ」

「いいえ、あの方は怒りんぼの呪をかけられたのですわ。そうでなければ、あんなにいつも不機嫌な顔でいられるわけがございませんわ。ああ、恐ろしい」

「あら、王琳様はあれが普通の顔なのよ。むしろ私には感情が抜け落ちているように思えますわ。無感情に怒るから余計怖いのよ」

「そういえば時々魂が抜けたように佇んでいらっしゃることがあるわ。もしや、なにか恐ろしいものに憑かれているのでは？　ひいいい。どうしましょう鼓濤様」

いないのをいいことに好き勝手なことを言っている。

「でも……確かに王琳が側にくると空気がひんやりとするような気がするね」

「や、やはり鼓濤様もそう思いますか？　氷女の妖なのでしょうか⁉」

「ひいいい！　王琳様は妖に憑かれているのですか？　恐ろしや」

茶民は蒼白になり、壇々は眩暈を起こしそうになっている。

「王琳は甘味好きだと聞いたのだけど、二人はどう思う？」

「ま、まさか！　夕餉膳に添えられた甘味を汚い物を見るような目で見ていましたわ」

「私が糖菓子を食べていたら射殺されそうな目で睨まれました」

董胡の目にも甘味嫌いにしか見えない。

だがレイシの間者の話では甘味好きだったという。

「甘味嫌いの呪でもかけられたのかな？　それとも甘味嫌いの妖に憑かれているとか？」

「ひいいい。そんな恐ろしい呪にかかるぐらいなら死んだ方がましですわ」

壇々は世にも恐ろしいという顔でぶるぶると首を振っている。

「ふふ。冗談だよ。呪や妖よりも考えられることがある」

董胡の中で一つの答えが導き出されていた。

「さあ、出来た。あとは蒸すだけだよ」

せいろの中には大膳寮から届いたあり合わせの食材で作った饅頭が綺麗に並んでいる。

大慌てで作ったものだが、久しぶりの董胡の饅頭に、茶民と壇々は目を輝かせた。

「蒸しあがるのが楽しみですわね。鼓濤様に頂いた豆板辣油の甕も底をついてしまって、味気ない料理に辟易していましたの」

「ああ、もういい匂いがしてきましたわ。出来上がりが待ちきれません」

和やかに話していた董胡は、突然背後に冷気を感じて振り向いた。

「王琳……」

御膳所の戸口に、やけに白い顔で亡霊のように王琳が立っていた。

「ひ、ひいいい！」

「お、お許しください！　王琳様！」

壇々と茶民が条件反射のように悲鳴を上げ謝った。

「あなた達は……」

いつもに増して低くかすれた声が冷たく響く。

「王琳、私は……」

王琳の叱責にも絶対に屈しない覚悟で反論しようとした董胡だったが……。

王琳はふらりと体勢を崩し、その場に座り込んだ。

「王琳っ！」

董胡は駆け寄り、王琳の体を支える。

「なんでもありません。少し眩暈がしただけです」

王琳はふらふらになりながら、董胡の手を支えにして気丈に立ち上がろうとしている。

董胡が触れたその手は、茶民が言ったように氷のように冷たく、小刻みに震えていた。

「薬を……。この薬を飲めばおさまりますから」

王琳は震える手で胸元から薬包紙を取り出した。

「薬？　薬を飲んでいるの？　何の？」

董胡は薬包紙を開いて中を確認した。

丸薬ではなく粉になった薬だ。少しなめてみると、なじみのある味がする。

（当帰、蒼朮、それから沢瀉？　そして……芍薬か。それから……そうか、分かった）

「当帰芍薬散だね？」

「!!」

王琳は驚いたように董胡を見て、薬を奪い返そうとした。

しかし董胡はひょいと薬包紙を持ち上げ、王琳から遠ざけた。

「か、返してください！　嫌がらせのつもりですか？　卑怯な……」

王琳は唸るように言いながらも、息を切らしたように呼吸が荒くなっている。

その様子を見て、茶民と壇々は戸惑いながらも董胡を責めた。

「鼓濤様、いくら王琳様が気に食わないからってお薬を取り上げるのはひどいですわ」

「は、早く飲ませて差し上げないと死んでしまいますわ。意地悪をしている場合ではありません。返してあげてください、鼓濤様」

だが董胡は薬包紙を開いたまま傾け、さらさらと床に散らした。

「な！　何をするのですか！」

王琳は床に散らばった薬を掻き集めようと、震える両手をもがき伸ばした。

しかし、その手も董胡が摑んで羽交い締めにする。

「‼　あなたは……私を……殺すつもりで……」

王琳は信じられないという顔で董胡を見た。

「鼓濤様！　まさか……」

茶民と壇々が青ざめる。

王琳は苦しい息のなかで、董胡の襟を摑み呻いた。

「やはり……あなたは……」

しかし言い終わる前に王琳は董胡の腕の中で事切れた。

「こ、鼓濤様！　なんと恐ろしいことを……。不躾ながら見損ないましたわ！」

「ひいいい。いくら王琳様が嫌いだからって、このような恐ろしいことをするなんて！」

茶民と壇々が責め立てる。

「ああ、ああ。どうしましょう。王琳様が死んでしまいました」

「鼓濤様は人殺しになりますの？　牢に入るのですか？　私達はどうなるの？」

おろおろと二人は騒いでいる。

「落ち着いて、二人とも。死んでないよ。気を失っているだけだ」

董胡は息を確認して脈をはかった。

「やはり……脈が速い。よくここまで耐えられたな……」

董胡は死人のように冷たい王琳の頰をいたわるように撫でた。

「え？　死んでいないのですか？」

「い、生きているの？　よ、良かったああ」

ほっと安堵する二人に董胡は命じた。

「二人は女嬬達を呼んで、みんなで王琳を二の間に運んで寝かせておいて」

「わ、分かりました」

「鼓濤様はどうなさるのですか？」

茶民は騒ぎを聞きつけ覗きにきていた女嬬を呼び寄せながら尋ねた。

「私は薬湯を作る。急いで飲ませないと、このままでは本当に死んでしまうからね」

「何の病か分かったのでございますか？」

「鼓濤様は王琳様を助けられるのですか？」

二人は不安そうに尋ねた。散々悪口を言っていても、やはり心配なようだ。

「多分だけど……大丈夫だよ。私に任せておいて」

董胡は二人を安心させるように微笑んだ。

◆

王琳はずいぶん長く眠っていた。

おそらくあまり眠れていなかったのだろう。

董胡は眠っている王琳に匙で薬湯を飲ませ、王琳が眠っている間に、蒸しあがった饅頭と味付けし直した膳を茶民と壇々の三人で食べた。ついでに茶民の頼みで豆板辣油を新たに甕いっぱいに作り置きする。

久しぶりに料理が出来て、生き返ったような気がした。

王琳が目覚めたのは、董胡が雑穀粥を作って二の間に入った時だった。

「わたしは……いつの間に……」

王琳は布団に寝かされている自分に驚いて、起き上がろうとした。

「そのまま寝ていて。まだ無理をしない方がいい」

董胡は粥の手盆を横に置いて、王琳の体を押さえて寝かしつけた。

「あなたは……私を殺そうとしたのでは……」

王琳は、はっと自分の両手を見つめ、震えがないことに気付いた。

凍えるような寒さが消え、ぞわぞわとした焦燥感のようなものがなくなっている。

「いつから手の震えはあったの？　冷えと眩暈もずっとあったはずだよ」

董胡が尋ねると、王琳は目を見開いた。

「…………」

だが何も答えるつもりはないようだ。

「当帰芍薬散を飲んでいたのだね？」

董胡は思い出したように微笑んで続けた。

「色白で儚げで守ってあげたくなるような美しい女性が、原因の分からない冷えや眩暈なんかの愁訴を訴えてきたら処方してみよ、と麒麟寮で習った。美人に処方する薬と医生は覚えているぐらいだ。あなたにあのお薬を処方した医師は、あなたのことをきっとそのように見ていたのだろうね」

「…………」

王琳は苦しげに顔を歪め、そっぽをむくように顔を反対側に背けた。

「でも、どれほど飲んでも手の震えも冷えも治らなかったでしょう？」

董胡が尋ねると、王琳はキッと董胡に向き直り口調を荒らげた。

「医師が処方を間違えたと、そう言いたいのですか！」

医師を侮辱することだけは許さないという気迫を感じた。董胡は静かに首を振る。

「処方はたぶん合っていたのでしょう。以前は薬を飲めば治ったはずです」

「では薬が効かなくなったと？　時間が経って成分が変質したというのですか？」

だがそれにも董胡は首を振った。

「いいえ。薬ではなく、あなたの病の種類が変わったのです」

「な……」

思いがけないことを言われ、王琳は言葉を失った。

「私の病？」

董胡は肯いた。

「そうです。今あなたを苦しめている体の変調は、以前とは原因が違うのです」

「私がいったい何の病だと……」

王琳に問われ、董胡は静かに話し始めた。

「あなたは、以前は度を越えるほどの甘味好きだったのではないですか？」

「！」

王琳は図星という顔で黙り込んだ。

「冷えや眩暈を主訴とする病はたくさんあります。病というのはそもそも、五臓六腑が外から取り込まれたものを処理しきれなくなったことが続くうちに均衡を崩し、体のあちこちに不具合を出して命の危険を知らせているのです」

それがたまたま似たような症状になることもある。弱い臓腑に真っ先に出るのだから。

「あなたの体はたくさんの糖を摂り込み処理するように鍛えられてきたのです。それが、ある日を境に突然糖を摂らなくなると、鍛えられた臓腑が空回りして誤った働きをしてしまうことがあります。今までと同じように余分な糖を排出しようとして本来必要な糖分まで排出してしまうようになっていた。そればかりか、あまり食べてなかったのでしょう」

「…………」

思い当たるらしく肯定もしないが否定もしなかった。

「体内の糖不足からくる糖虚（低血糖）の症状です」

「糖虚……？」

王琳は聞き慣れない病名に不審の表情を浮かべた。

「貴族ではあまり聞かない病です。平民以下の者でも糖だけが不足することは滅多にありません。白飯や雑穀が食べられたら、そこまでの糖不足にはなりませんから。でも、あなたは白飯すらも食べられなかったのではないですか？」

「白飯は……甘い……」

王琳は絞り出すように答えた。

白飯の僅かな甘さすらも受け付けなくなっているのだ。

「甘いもので思い出したくないことを思い出して吐いてしまう……」

甘いものを食べると……気持ち悪くなって吐いてしまうから。

その苦しみが甘いものを徹底的に拒絶しているのだ。

それはきっと……。

董胡は、しかしそれ以上王琳を問い詰めることはしなかった。

理由などどうでもいい。まずはどんな形であっても糖を摂ることだ。

「甘麦大棗湯を寝ている間に飲ませました。それで症状が改善されたなら糖虚で間違いない。この病は糖さえ摂れれば劇的に治るから心配ないよ」

「甘麦大棗湯……」

王琳は聞き慣れた言葉のように呟いた。

「王琳は少し医術の知識があるようだね。とても甘くて美味しい薬だよ。子供がもっと飲みたいとねだるぐらい。でも、今のあなたには苦い薬より飲みにくいのだろうね」

意識のない間でも何度も喉が薬湯を拒んで、飲ませるのが大変だった。

「だから雑穀粥を作ってみた。白飯よりは甘味を感じないはずだよ。それでも気になるようなら、豆板辣油を混ぜて食べてみたらどうかと思うんだ」

「豆板辣油？」

茶民に作った豆板辣油を少し取り分けてきた。

「舌が痺れるほど辛いけど、辛さの方が気になって甘味は感じないと思う」

「鼓濤様が……作ったのですか？」

半分非難が混じっている。

高貴な育ちの王琳には、炊事はどうしても下賤なことなのだろう。

だが、そんなことを気にしている場合ではない。

「何か志があって侍女頭になったのでしょう？　食べなければまた糖虚の症状が出て、今度は昏倒して命を落とすかもしれないよ。いいのですか？」

「…………」

（その志とは、あなたを罪に陥れ帝を殺すことなのですよ）

と王琳は心の中で呟いたが、もちろん口に出して言うことはない。

「分かりました」と起き上がり、想像以上に辛い粥を大人しく食べた。

それを見届けると、董胡は安心したように部屋を出て行った。


ぴりぴりと舌が痺れる粥を喉に流しながら、王琳は幸せな日々を思い出していた。

「王琳、見てごらん。珍しい枇杷の糖菓子を頂いたよ。私の愛妻が甘味好きだという噂は、玄武中に知れ渡っているようだ。薬売りから君にどうぞと渡された」

吐伯は嬉しそうに糖菓子を載せた籠を持って、王琳のいる部屋に入ってきた。

王琳は帳簿をつける手を止めて夫を呆れたように見上げた。

「旦那様が私の話ばかりなさるからですわ。帳簿付けまでする変わり者の奥方だと、他の医家の姫君からは疎まれています」

「言いたい者には言わせておけばいい。誰が何を言おうと、私は国一番の妻を娶ったのだ。美しく聡明で慈悲深く、私は国中の人にそなたを自慢したいのだ」

夫の吐伯は、王琳の兄、安寧の親友だった。

幼い頃から兄について回って、安寧から王琳の話を聞かされるたび、気付けば医術にはそれなりに詳しくなっていた。吐伯の恋心は育っていき、医師の免状を取ったのをきっかけに王琳が欲しいと頼みにきた。安寧は大喜びで賛成してくれた。

医師免状を取っても、診療所を平民医官に任せっぱなしにして遊び歩く貴族が多い中で、医術の発展を目指して自ら診療する安寧と吐伯は、お互いを認め合った仲だった。

共に診療所を大きくして、腐敗した貴族医師が牛耳る玄武を変えていこうと語り合った。

「みておいで。私は玄武一の名医になってみせるよ。君はいずれ玄武一の名医の奥方様と呼ばれるんだ」

「ふふ。楽しみですわ」

屈託のない誠実な夫、吐伯を心から愛していた。

それなのに……。

ぽとりと粥の中に涙が落ちた。

「名の知れ渡る名医になどなってしまったから……。私は名医の奥方になどならなくて良かった。ただ……あなたがいてくれるだけで良かったのに……」

ある日、夫は言った。

「やったよ、王琳！　亀氏様が私を宮にお招きくださった。医術の発展に尽力していると褒美を下さるそうだ。私の話を聞いてみたいと直々におめもじ下さるそうだよ」

吐伯は大喜びで出かけていった。

そして、永遠に戻ってこなかった。

兄の安寧が章景医術博士に消息を問いただし、吐伯が内医助として殉死したと聞かされたのは、ずいぶん日にちが過ぎてからだった。

「この世は……努力したものが、誠実なものが、正直なものが……報われる世ではなかった」

吐伯が軽蔑していた、医術を放り出して貴族の付き合いに明け暮れる腐敗した者たちがのうのうと生き永らえ、医術の未来のために尽くす吐伯や安寧のような者が帝の医官を命じられ、若い命を奪われていく。

吐伯が死んで、初めて王琳はこの世の理不尽を知った。

そして悪に呑み込まれずに生き抜くためには、自らも悪になるしかないと学んだ。

安寧は、吐伯の死を知ってもなお、志を諦めてはいない。むしろ死んだ親友の分まで一人で腐敗に立ち向かうつもりだと、一層志を強くしている。

「だから……私が悪となってお兄様を守るしかないのよ」

それが王琳の導き出した答えだった。

「ねえ、吐伯様。私は間違っていないでしょう？　私しかお兄様を守れる者はいない。あなたが生きていても、きっと私と同じ道を行ったでしょう？」

王琳の呟きは、二の間から見える小さな池に波紋を作って、深い水底に沈んでいった。

◆

王琳は翌日には元気になり、相変わらず茶民と壇々を叱りつけているが、董胡が料理をすることに文句を言わなくなった。

「さすがは鼓濤様ですわ。雑穀粥で王琳様の胃袋を射止めたのです」

「ともかく、これからは毎日鼓濤様のお料理が食べられるのですわね。ああ、幸せ」

二人の侍女は手放しで喜んでいるが、董胡は少し不審に感じていた。

(あの辛い雑穀粥で？　決して美味しいものを作ったわけではないのに)

胃袋を掴むほどの料理を作ってはいない。

もっと反対されるだろうと思って戦う覚悟でいたのに、あまりに簡単に御膳所の出入りを認めてくれた。拍子抜けするほどだった。

だがともかく助かった。

なぜなら、その三日後には帝の先触れが届いたからだ。

レイシは董胡が頼んだ通り、鼓濤の許に来ることにしてくれたようだ。

(良かった。今のレイシ様に必要な栄養のあるものを全力で作ろう)

御用聞きに必要な食材を注文し、献立に頭を悩ませた。

あまり食べていない胃は萎縮していて多くの量は食べられない。

少しの量でしっかり栄養を摂れる膳に仕上げなければならない。

(何がいいかな……)

御簾の中で手持ちの生薬を並べながら考え込む董胡は、突然血相を変えて御座所に駆け込んできた茶民に驚いた。

「こ、鼓濤様！　大変です！」

「どうしたの？」

「すぐにご衣裳を整えて、扇を……早く！」

「え？」

戸惑う董胡の耳に「お待ちください！　どうかお待ちを」と壇々が叫ぶ声が聞こえた。

それと同時にこちらに向かってくる足音が響いていた。

そして足音より先に御座所に滑り込んできた王琳が平伏し告げた。

「鼓濤様。雄武様がお越しになられました」

「雄武が？」

思いもかけない訪問客に目を丸くした。

董胡は茶民に手伝ってもらって、とりあえず御簾の中でそれなりの体裁を整えた。

着乱れていた単を直し、表着を羽織り、扇を手に持って座っているが、生薬を入れた櫃(ひつ)はそばに置いたままだった。片付ける暇がなかった。

そして御簾の前には雄武が不機嫌な顔をして座っていた。

「お后(きさき)様、突然のご訪問、ご無礼致しました」

雄武は一応の建前として、非礼を詫(わ)びた。

「まことに。先触れもなく姫君を訪ねるというのは、殿方の行いで最も無粋なことと習いましたが、私は間違いを習ったのでしょうか？」

董胡は嫌みを込めて答えた。

いったい何の用でやってきたというのだ。

二度と私の前に現れるな、と言ったはずだ。

多少言い過ぎたと反省はしたものの、その気持ちに変わりはない。

二度と会いたくないと思っていたのに。

「ふふ。間違いではありません。ただし、それは相手がやんごとなき姫君であればの話でございます。にわか姫君に対してはどうでしょうか」

「…………」

雄武は董胡以上の皮肉をこめてにやりと笑った。

ずいぶん先日と印象が違う。

先日は、妹として守ってやるなどと味方のように言っていたくせに。

あれから数日で、何か心境の変化があったのか。

それとも……何か玄武公に命じられて差し向けられてきたのか。

董胡は警戒心を強めた。

「何のご用でございますか？　忙しいので手短にお願い致します」

「ふん。后になった途端、ずいぶん高飛車に言うようになりましたね」

妙につっかかってくる。

いや、麒麟寮の雄武はこんな感じだったか。

むしろ先日の雄武がおかしかったのだ。

「少し親切にしてやれば増長し、先日は随分なことを言ってくれましたね。私はあれから無性に腹が立ち、お前ごときに親切にしてやる必要などなかったと思い直しました」

「………」

すっかり本性が出たようだ。

先日董胡に失礼な物言いをされたことを根に持って仕返しにきたらしい。

だがむしろそれなら良かった。

玄武公に変なことを命じられていた方が厄介だ。

「それを言うためにわざわざ麒麟寮を休み、王宮の后宮まで来たのですか？　そんな暇があるなら、患者の一人でも診てあげればよろしいのに」

董胡ならそうする。

麒麟寮の治療院で、医生仲間と共に学び患者を治療する。あんな素晴らしい場所があるのに、腹立ち紛れにそれを放棄してこんなところにやってきて恨みつらみをぶちまけるなんて、呆(あき)れた愚か者だ。

やっぱり先日は言い過ぎてなどいなかった。

雄武にはあれぐらい言ってやっても足りないぐらいだった。

「たかが平民育ちのくせに！　お前のその言い草が気に食わないのだ！」

雄武は急に立ち上がり、ずかずかとこちらに歩いてきた。

「!!」

董胡は何をするのかと身構えた。

まさか罵声(ばせい)で足らず暴力まで振るうつもりなのか。

雄武はそのまま御簾を巻き上げ中に入り込むと、扇を持つ董胡を見下ろした。

「な、なにを……」

さすがに慌てる董胡の扇を奪い取り、雄武の両手が胸倉を摑んだ。

すぐ目の前に雄武の顔があった。

「雄武……」

その顔が険しく歪(ゆが)んでいる。

「ゆ、雄武様っ！　なにをなさいますかっ！」

「ひいいいっ！　恐ろしや！」

「鼓濤様！　ご無事ですか？」

異変を感じた侍女たちが控えの間の襖を開け、すぐに駆け込んできた。

「ご無体な！　帝のお后様ですよ！」

「いくら亀氏様のご子息でも許されませんわ」

「なんという破廉恥な！」

侍女達の非難に晒され、雄武はすっと手を離した。

「…………」

呆然と見上げたままの菫胡から、雄武は気まずそうに目をそらした。

「少し身の程を教えてやろうと思ったが……やり過ぎだったな。すまぬ……」

それだけ言い捨てると、御簾を出てそのまま御座所を出て行った。

「な、な、なんだったのですか？　なんて無礼な……」

「雄武様があんな嫌な人だったなんて……恐ろしや……」

茶民は怒り、壇々は泣きそうになっている。しかし王琳だけは冷静だった。

「貴族のご子息など……ほとんどがあんなものでございます」

茶民と壇々の理想は破れ、王琳は淡々と傾いた御簾を直した。

そして菫胡はしばらく呆然と雄武の立ち去った回廊を見つめていた。

◆

翌日は朝から帝のお越しに備えて大忙しだった。

朝の内に料理の下ごしらえをして、身を清め、衣装や髪をある程度整えた後、最後の仕上げをして膳を整えた。

「うん。これなら陛下も無理なく食べられて、拒食も改善されるはずだ」

董胡は満足に出来上がった膳を前に、一仕事終えた達成感に浸っていた。

「では鼓濤様。御簾に戻りお召し物を整えてくださいませ。間もなく帝がいらっしゃいます。膳は後ほど私がお持ちしましょう」

王琳はまだ御膳所にいる董胡を促した。

「うん。ありがとう。では後は王琳に任せるよ」

董胡が立ち去ったことを見届けると、王琳は高盆に載せられた膳を見つめた。

震える手で懐から薬包紙を取り出す。

吐伯の診療所から持ち出していた附子だった。

吐伯が死んだと聞いてから、何度も飲もうと思った毒薬だ。

だが死ぬ前に、吐伯を死に追いやった理不尽に何か一矢報いてやりたかった。

自分の幸せを奪った何かに復讐できればこの哀しみが少しは和らぐかもしれない。

(吐伯様。あなたを死においやった先帝の息子であり、今度は兄上までも召し出そうとする憎い人物。その帝を殺せば、あなたの無念も少しは晴らすことができますね)

だがふと手を止める。

二の間で自分を看病してくれた鼓濤の顔が思い浮かぶ。

后宮に来てから、決して親切ではなかった自分のために薬湯を作り雑穀粥を用意してくれた。その後も王琳の体を気遣って、糖が不足しないような料理を出してくれていた。

皇太后の話す鼓濤とずいぶん印象が違う。

帝に色目で取り入り、権勢を得ようとする野心ある姫君と言っていたが……。

姫君として無粋ではあるものの、色目とか野心とかがどうもしっくりこない。

その違和感だけが最初からずっとあった。

(帝が死ねば、真っ先に疑われるのは后である鼓濤様。しかも后が料理を作っていたなどと知れ渡れば下賤な姫君だと非難され、貴族は誰も庇ってくれないだろう)

帝は死に、鼓濤は牢屋に。

皇太后の口調から考えると、鼓濤を庇うつもりはないようだった。

その後の鼓濤の人生がどれほど壮絶なものとなるか、想像もつかない。だが……。

(無防備に人に親切にするからそんな目に遭うのです。あの時、私を助けずに殺せば良かった。そうすれば私は膳に毒を入れることもできなかった。自業自得なのですよ、鼓濤様)

野心を持つなら、とことん非情になるべきだった。

一時のお人好しは、いずれ悪に呑み込まれ仇となって返ってくる。

生き延びたければどっぷりと悪に身を落とせば良かった。

善人ぶってくだらぬ偽善を振りまき生き延びられるほど、この世は優しくない。

(この世の理不尽を知らなかったあなたがいけないのです、鼓濤様——)

王琳は心の葛藤に決着をつけ、薬包紙を開いた。

◆

日が暮れてやってきた帝はいつも通り毒見を連れていた。

董胡は御簾の内に畏まり、毒見の従者が膳を受け取ろうと立ち上がった。

「お持ち致します。お留まりくださいませ」

それを制して、控えの間にいた王琳が高盆を持って御座所に出てくる。

そのままゆっくりと帝の前に進み出て高盆を置いた。

「お取り分け致します」

王琳は一礼して、毒見用の皿に料理を一匙ずつ取り分けて従者に渡した。

従者は慎重に一品ずつ味わい、異常がないことを確かめる。

すべての毒見を終えて従者は御座所から下がり、王琳だけが残った。

「そなたが新しい侍女頭か。見事に宮をまとめているようだな」

帝は王琳に微笑みかけた。想像以上に美しく涼やかな帝の様子に動揺する。

「お、畏れ入ります。これまでは配慮が行き届かず、陛下にも失礼を致しておりました」

「そうでもない。居心地の良い宮だと思っている」

皇太后に聞いていた帝の人柄とずいぶん違って見えた。

「ありがとうございます。お取り分け致します。どれをお召し上がりになりますか？」

「ほう。今日は給仕までしてくれるのか。すまぬな」

レイシがどれにしようかと迷っていると、御簾の中から董胡が声をかけた。

「陛下。まずは汁椀をお召し上がりくださいませ」

「汁椀を？」

王琳は、はっと御簾を振り返った。

「王琳。陛下に汁椀をお渡しして」

董胡に命じられるままに、王琳は汁椀を手に取り小盆にのせて差し出した。

その手が少しだけ震えている。

「……。この汁椀は……毒見をしていたか？」

レイシは王琳に尋ねた。

「は、はい。中の具材、木耳と干ししいたけを取り分けました」

「ふむ。木耳と干ししいたけはこちらの料理にも入っているが……」

レイシは少し思案している。だが董胡はさらに勧める。

「大丈夫でございます。どうぞ匙ですくってお召し上がりください」

「うむ。そなたが言うならいただこう」

レイシは匙を持ち、汁をすくいごくりと飲んだ。そして……。

「うっ！」

突然口を押さえ、汁椀を置いた。

「こ、これは……」

顔を歪め喉を押さえる帝を見て、王琳は慌てたように立ち上がった。

十、帝のいない殿上会議

皇宮の一階にある殿上院では、二院八局の重臣が集う殿上会議が始まっていた。

二院とは神祇院と太政院のことで、神祇院には神祇大臣をはじめとした麒麟の神官と皇族が並び、最前列には直系皇子である翔司が座っている。

太政院には太政大臣の孔曹を最前列に左大臣、右大臣が並ぶ。この三大臣は麒麟の皇族が任じられ、その下に宮内局をはじめとした八局の局頭がいる。局頭は四公やその直系親族が任じられることになっていた。

「孔曹様。帝がまだお越しでないようですが、どうなされましたか？」

中務局の長でもある玄武公が、空席になったままの高御座を見ながら太政大臣の孔曹に、わざとらしい心配顔を浮かべて尋ねた。

「少し……体調を崩されておられるとのこと……本日は私が一任されておりますゆえ、会議を始めさせていただきます」

孔曹は苦渋の表情を浮かべ言い繕った。

「なんと！　帝は体調を崩されておいでですか？　どのようなご様子で？」

「そ、それは……」

「まさか命に関わるほどの容態ではございませんでしょうな？」

玄武公の言葉にざわざわと重臣達が騒ぎ始めた。

「どういうことですか、亀氏殿？　何かそのように疑う根拠でも？」

青龍公の龍氏が尋ねた。

「いえ。我が妹、皇太后様がゆうべ一の后宮から慌ただしく輿で運ばれていく者がいたと、そのように聞いたものですから、まさかと思いましてな。どうやら陛下は昨晩、我が玄武のお后様の許にお渡りになっていたようですので……」

「な！　まさか！」

「玄武のお后様の御座所でお倒れになったのか？」

「なにゆえ突然そのような……」

「陛下は何かご病気を持っておられたのか？」

矢継ぎ早に孔曹に質問が飛ぶ。

「いえ……。特にご病気があるという話も聞いておりませんが……」

孔曹は言葉を濁す。玄武公が代わりに口を開いた。

「万が一にも我が玄武の后の粗相によって陛下のお体に何かあったのだとすれば、捨て置けぬことでございます。我が一の姫といえども、厳しい罰を与えねばならぬと今朝方から皇太后様にお調べいただいていたのですが、どうやら事実のようでございますな」

玄武公は芝居がかった様子で頭を抱え、心を痛める父親を演じて続けた。

「せめて最高の医師をすぐに派遣することをお許しください。以前より心配しておりましたが、内医司の医官の質が悪いのではと危ぶんでおります。今こそ空席となっております内医助を任じるべきかと存じます。ちょうど良い人材を見つけておりました。今からでも遅くありません。本日付けで内医助を任じてもよろしいでしょうか、孔曹様」

玄武公は一気にまくし立てた。

「それは……陛下がおいでの時に決めるべきかと……」

「その陛下が殿上会議にも出られない状態だから言っているのでございます。手遅れになってからでは遅いのですぞ。それともすでに手遅れでございますか？」

「な、何を言うのだ！　手遅れとはつまり……」

ご逝去を意味する。

「いえいえ、ですからこの場で任じさせてくださいませ。玄武でも一、二を争う名医がおります。安寧という者でございますが、すぐに呼び寄せ今日にも任につかせましょう」

玄武公の申し出に、他の重臣達は「それがいい」と肯いた。

満足げに微笑む玄武公だったが、その殿上院に涼やかな声が響き渡った。

「そう急いて決めずとも良いではないか、亀氏」

「!!」

玄武公は驚いて声のする方を振り向いた。そして青ざめる。

「な！　まさか……」

黎司が翠明をはじめとした神官達を従え、ゆっくりと歩いてくるところだった。

体調に問題があるようには見えず、顔色も非常にいい。

そしてそのまま八角形の天蓋から帳の垂れ下がる高御座の玉座に座った。

「まるで亡霊でも見たような顔だな。亀氏よ、なにを驚いているのだ」

「そ、それは……」

玄武公は口ごもったまま黙り込んだ。

「それにしても、そなたが私のために内医助となる医師を探してくれていたとは知らなかった。私の内医官を本気で探すつもりなどないのかと思うていたのだがな」

「滅相もございません。私は常々陛下のために良い医師はいないかと探しておりました。ですが打診した者達がみな理由を付けて断るゆえに仕方がなかったのでございます」

「ほう。無理強いが得意なそなたが、ずいぶん素直に聞き入れてやったのだな」

「…………」

玄武公は苦々しい顔で黎司を睨みつけた。

「陛下……。お体の調子は大丈夫なのでございましょうか？」

孔曹が心配げに尋ねた。

「うむ。私はこの通りぴんぴんしているのだが、どういうわけか具合が悪いと伝わってしまったようだな。何を根拠にか知らぬが、死んだかのように言う者もいたようだが」

黎司はちらりと玄武公を見た。

「期待に添えず申し訳ないが、私はいつにも増して体調がいいようだ」

「く……」

玄武公は蒼白になって俯いた。

◆

ゆうべ玄武の后宮で。

黎司は汁椀を飲んで「うっ！」と口を押さえた。

そのまま、こほこほとむせて椀を高盆に置く。

「こ、これは……」

蒼白になって立ち上がった王琳が、手巾を取ってきて黎司に差し出した。

「も、申し訳ございません。どうかお許しを……」

怒って斬り捨てられるのではと焦った王琳だったが、そんなことは起こらなかった。

そして御簾の中から鼓濤が謝った。

「少しばかり薬が効き過ぎてしまいました。申し訳ございません、陛下」

「どういうことだ？」

黎司は手巾で口を拭い尋ねた。

「それは酸辣湯(さんらーたん)という料理でございます。細切りにした茸(きのこ)や季節の野菜を煮込み、片栗でとろみをつけて卵でとじた汁椀ですが、酢と辣油がたっぷりと入っているため酸っぱ辛かっただろうと思います」

「うむ。酸っぱいとは思っていなかったので驚いてむせてしまった」

「しばらく料理を出せず、陛下の食欲が少し落ちているのではないかと心配した私の薬膳(やくぜん)師が、まずは一口めで食欲を刺激するものを召し上がっていただこうと考えたのです」

「なるほど。確かに怠慢にしていた私の胃袋が、驚いて目を覚ましたようだ。ははは」

穏やかに笑う帝を見て、王琳は驚きを隠せないようだった。

「どうした？　なぜそのような顔をしている？」

黎司が尋ねると、王琳は再度ひれ伏して口を開いた。

「陛下に……お尋ねしてもよろしいでしょうか？」

黎司は首を傾げながら応じた。

「なんだ？　言ってみるがよい」

「先帝が崩御なさった日はいつでございましょうか……」

「先帝が崩御した日？」

黎司は戸惑いながらも、季夏(きか)の某日を告げた。

それを聞いた王琳は何かを悟ったようにうなだれ、さらに問いかける。

「陛下は……内医助に安寧という医師を任じるよう命じられたことはありますか？」

「安寧？　内医官については玄武公の指名と打診を受けて、私が許可を与えるようになっている。玄武にどのような医師がいるのか知らされていないゆえ、私が自ら指名することはない」

王琳はいよいよ驚いた顔になって、がくりと肩を落とす。

やがて何かを決意したように、訥々と話し始めた。

「お、畏れながら、私は……陛下のことを……気に入らぬことがあれば宮女でも斬り捨ててしまう無慈悲なお方だと聞かされておりました。も、申し訳ございません」

突然の告白に、黎司は「ふむ」と考え込んだ。

「伍尭國の多くの貴族たちが、どういうわけかそのように思っているようだな。別にそなたが謝ることではない。その噂を払拭できぬ私が力不足なのだ」

王琳は黎司の言葉を聞いて目を見開いた。そしてすべてが腑に落ちたように告げる。

「じ、実は、鼓濤様より直接その目で陛下の人となりを見て確かめてみるが良いと言われました。陛下のお言葉を聞き、私が誤解していたのだと今はっきりと分かりました」

――帝が鼓濤の許に来る少し前のことだった――

「何をしているのですか？」

御膳所で帝の膳に毒を仕込もうとしていた王琳は、突然背後から声をかけられ青ざめた顔で振り向いた。

立ち去ったはずの鼓濤が、御膳所の入り口に立っている。そして王琳の手にある薬包紙を見つめていた。

「毒……ですか？　それがあなたの夫、吐伯の望んでいたことなのですか？」

すべてを見透かしていたように言う鼓濤に驚いた。

毒を入れることも、夫が吐伯だということも、全部見抜かれていた。

「あなたはいったい……」

何者なのだろうと青ざめた。ただの凡庸とした后ではない。

「あなたのことは少し調べさせてもらいました。あなたの夫は内医助として殉死したのでしょう？」

「………」

一番触れられたくないことを言われ、王琳は唇を嚙みしめる。

しかし、鼓濤はさらに信じられないことを告げた。

「玄武公が先帝の崩御のあとで吐伯を内医助に任じた。……と分かっていて皇太后の言いなりになっているのですか？」

王琳は一瞬、何を言われたのか分からなかった。

「崩御のあとで？」

そんな馬鹿な……と思った。

「まさか！　先帝が夫の名医の噂を聞いて、強く請われたのだと。亀氏様はそれを受けて病の先帝をお救いできると望みをかけて内医助に任じたのです。それなのに思いがけず先帝が早世されたと……」

玄武公も皇太后も、そんな風に王琳に話していた。

だが鼓濤は首を振った。

「吐伯を内医助に任じたのは先帝が崩御されてからです。もともとの内医助は玄武公の身内の者が任じられていて、殉死を逃れ今は玄武公の主治医をしてのうのうと生きています」

「そんな！」

王琳は震える手で薬包紙をぎゅっと握りしめた。

「それでは吐伯様は医術の腕を買われて任じられたのではなく、ただ身代わりに殺されるために任じられたと言うのですか！」

そんなことは信じたくない。そんな捨て駒のような死など断じて信じない。

それでは医術を愛し、その発展に心を尽くした吐伯があまりに浮かばれない。

「信じたくないだろうけれど、事実です。吐伯が亀氏に呼び出された時には、すでに先帝は崩御されていた。あまりに急な崩御だったため、しばらく公にされていなかったけれど。帝に先帝の崩御の日を尋ねてみればはっきりします」

「う、嘘をつかないでください！　私はあなたが血筋も怪しい行方知れずの姫君だったと知っています。一の后におさまり、うつけの帝に取り入って権力をほしいままにしようと企んでいるのでしょう。その上、吐伯様の死まで侮辱するなんて！　私は騙されません」

王琳は初めて感情を露わに叫んだ。

しかし鼓濤は落ち着き払って尋ねる。

「その話を信じたのですか？　なぜ？」

「なぜって……もちろん皇太后様の言葉だからです。亀氏様も同じことをおっしゃっていました」

「あなたに帝の毒殺を命じるような人の言葉を、なぜ信じるのですか？」

王琳はほんの少したじろいだものの、すぐに反論する。

「ど、毒殺を命じたのは、帝があまりに無慈悲で理不尽なうつけだから……」

「見たのですか？」

「え？」

「あなたは、無慈悲で理不尽な帝を、その目で見たのですか？」

「そ、そんなはず……。簡単に拝見できる相手ではないでしょう」

なにを無茶なことを言うのかと、王琳は呆れた。

「では、私は？　皇太后様の言うような者に見えたのですか？　それとも血筋の怪しい姫だから信じるに値しないということですか？」

「そ、そんなこと……」

ふと王琳の脳裏に、ずっと感じていた違和感が湧き上がる。

「皇太后だから、玄武公だから。生まれがいいから、血筋がいいから、あなたは信じるのですか？　雄武が来た時、あなたは言っていたではないですか。貴族の子息など、たいがいあんなものだと。身分がどれほど高くとも、立派な身なりであろうとも、嘘つきで人を平気で陥れるような愚かな人々をあなたは知っているのでしょう？　違いますか？」

「……………」

夫の吐伯はいつも腐敗した貴族医師のことを愚痴っていた。

患者の一人も診ずに、出世と金儲け(かねもう)のことしか考えていない。貴族の付き合いに明け暮れ、医術の進歩を目指す吐伯のような医師を馬鹿にして、権力を使って足を引っ張ることばかり考えている。ろくでもないやつらだと。

「残酷な事実を信じたくない気持ちは分かります。でもどれほど苦しくとも、真実を受け止めなければ、その先のすべてが歪(ゆが)んで見えてしまいます。そこにあなたが愛した吐伯の見ていた世界があるのですか？」

「吐伯様の見ていた世界……」

王琳はがくりと膝(ひざ)をついた。

「では……吐伯様は名医だからではなく最初から殉死させることだけが目的で……」

「玄武公は代々、自分の血筋を脅かす名医達を殉死の名の下に葬ってきたのです。だから吐伯はきっと玄武公にとって、目障りなほど名医だったのは間違いないでしょう」

「では……兄も……」

「兄？」

鼓濤は首を傾げた。

「今の帝が、今度は私の兄の安寧を内医助に指名していると、皇太后様が……」

「王琳の兄君を？　陛下が？」

鼓濤は怪しむようにしばらく考え込んだ。

「帝が兄を内医助に任じてしまえば、兄までも一生王宮に囲い込まれ家族にも会えないまま殉死させられることになります。だから兄が任じられる前に帝を……」

王琳は皇太后の宮で話していたすべてを白状した。

それを聞き終え鼓濤は言った。

「玄武公はおそらく帝が死んだ後、安寧を内医助に任じるつもりです。あなたが帝を毒殺したなら、安寧は吐伯と同じ運命をたどることになるでしょう」

「まさか、そんな……」

王琳はまだ信じられなかった。

そんな理不尽が許されていいのかと。

そんなあくどい駆け引きが許される世界で自分は今まで暮らしてきたのかと。

「そしてあなたもおそらく無事では済まないでしょう。后である私と共に帝の暗殺を共謀したのだと口封じに殺す算段です」

「私は……私は別にそれでも良いのです。むしろ殺してくれた方が……」

どうせ事を済ませた後、自害する心づもりでいた。だから自分はどうなってもいい。

「けれど兄のことは……」

そんな王琳に鼓濤は言った。

「吐伯の死を無駄にしないで欲しい」と。

王琳は鼓濤の言葉にはっと目を見開いた。

「残されたあなただけが、吐伯の生き様に意味を持たせられるのです。どれほど高い志で医術の未来を見据え、立派に生き抜いたのか。そしてその若い才能を無残に奪い去った者が、どれほど理不尽で無慈悲なことをしたのか。あなたが生きて語らなければ、それは数多に葬られた名もなき死の一つにしかならない。それでいいのですか？」と。

「わたしは……」

戸惑う王琳に、鼓濤は手を差し伸べた。

「あなたの兄上は、吐伯が先帝の崩御の後で殉死したことを知っていたのではないでしょうか？　あなたをこれ以上傷つけないために黙っていたけれど」

「兄上が……？」

兄の安寧は吐伯の死について調べた後、ひどく憤っていた。

それは瀕死の床で吐伯を指名した先帝に対する怒りだと思っていたが、安寧はその後、吐伯の分まで貴族医師の腐敗を正すのだと決意を新たにしていた。

そんな兄が今度は内医助に請われていると聞き、王琳は自分が兄を守らなければと亀氏の誘いにのって、こっそり屋敷を出てきたのだ。

「あなたの兄上は吐伯の死を無駄にしないために戦おうとしているのではありませんか？　あなたが立ち向かうべき相手は誰なのか？　自分の目で確かめてみてください」

「自分の目で……？」

戸惑いながら、王琳は鼓濤が差し出した手を摑んだ。

そうして鼓濤は、王琳が帝のそば近くにいって給仕することを提案した。

その目で自分が殺そうとした相手がどんな人物なのか。

本当に皇太后や玄武公が言うような人物なのか。

嘘をついているのは誰なのか。

――そして今、答えが出た――

本当の敵を見誤っていたのは自分だったのだと。

悪に打ち勝つためには、己も悪に堕ちねばならないと達観した気になっていた自分こそが一番の愚か者であったのだと。

吐伯が愛していたのは悪に身を堕として恨みを晴らすような人間ではなかったはずだ。

王琳は、帝にひれ伏したまま、鼓濤に話したすべてを白状した。

「私は愚かにも皇太后様の口車に乗せられ、鼓濤様を陥れ、陛下の料理に毒を入れようと画策致しました。どうかすべてをつまびらかにして、皇太后様を罪に問うて下さいませ。私がすべて証言致します」

自分も罪に問われ、死罪になる覚悟だった。だが……。

「そなたの気持ちはありがたいが、話を聞く限り、皇太后がそなたに命じた証拠となるものは何もない。文もなければ毒もそなたの手持ちのものだ。残念ながらつまびらかにしたところで、しらを切られて証言したそなただけが罪を問われることになるだろう」

「そんな……」

自分の命と引き換えに吐伯を死に追いやった皇太后と玄武公を失脚させるつもりだった。

だがそれほど簡単な相手ではなかった。

そうして悔しがる王琳に帝が告げたのは、信じられないことに謝罪の言葉だった。

「そなたの夫の尊い命を救えず済まなかった。伍尭國にとって吐伯ほどの名医を失ったことは、この上ない損失であった。私も悔しく思う」

「！」

その言葉は王琳の胸に深く響いた。

帝は王琳の愚かな罪に憤るよりも、皇太后の悪辣な企みに腹を立てるよりも先に、愛する吐伯の死を悼んでくれたのだ。

気に入らぬことがあると宮女を斬り捨てるような無慈悲な帝だと、毒殺されても仕方がないようなうつけの皇帝なのだと、言われるままに信じ込んでいたこの愚かな自分に……。

ひれ伏した手に、ぽたぽたと王琳の涙が落ちる。

腐敗しきった残酷な世界だと思っていたけれど……。

その頂点にこのような素晴らしい人が、悪人に足を引っ張られながらも立ってくれている。もがき苦しみながらも尊い心根を失わずに存在してくれている。

(あなた、見ていますか？　我らの帝は、こんなに素晴らしい方でしたよ。貴族の腐敗に失望していたあなたが会っていたなら、どれほどの希望を持ったことでしょう)

そんな吐伯の死を帝が惜しんでくれている。伍尭國の皇帝が悔しいと言ってくれた。

王琳が生きて語らなければ、帝に吐伯の死を悼んでもらうこともできなかった。

吐伯の死を無駄にしないとは、こういうことなのかと胸が熱くなる。

(あなた。聞いていましたか？　帝があなたの死を惜しんで下さっています。あなたを名医だと言ってくれましたよ)

吐伯は復讐など望んではいない。

あの屈託のない清々しい人がそんなことを望むはずがなかった。

帝は肩を震わす王琳に静かに語った。

「そなたの兄上のことは私が必ず守ろう。そしてこの悪しき制度を必ずここで終わらせ

る。それこそが、私が吐伯の死に報いる唯一の方法ではないかと思う。どうか私にそなたの力を貸してくれぬか、王琳。頼む──

自分に頭を下げる帝を見て、王琳は溢れる涙を拭った。

ああ、思い出した。

吐伯が望んだのは復讐などではなく……。

(私が伍尭國一の名医の奥方様だと呼ばれることだった)

王琳はこの瞬間、はっきりと自分の進むべき道を見つけた気がした。

「私ごときに畏れ多いお言葉でございます」

ならばその望みを叶えるために生き抜いてみようか。

「私などが陛下のお役に立てるなら、なんなりとお申し付けくださいませ」

王琳は答えていた。

吐伯がどれほど素晴らしい名医であったかを、命ある限り語り続けて……。

その尊い命を無残に葬った者達が、どれほど無慈悲な存在かを語り続けて……。

(私が命ある限り、あなたを生かし続けます。見ていてください、吐伯様)

◆

黎司はその後、鼓濤とも話し合い、玄武公を油断させるためにわざと輿を呼んで姿を隠すように皇宮に戻っていった。

そうして殿上会議にもわざと遅れて、誰が関わっていた計画なのかを探ることにした。

体調を崩したと聞いて皇帝の崩御まで想像する者。

隠れの間にいて、翠明と共に重臣達の様子を見ていた。

(玄武公が企んだとして……白虎公……は、今回は絡んでいないのか。青龍公は知らなかったようだ。朱雀公も寝耳に水のようだった。亀氏と皇太后、二人の企みか。それと……)

黎司は少し悲しげに神祇院の神官席の最前列に座る人物に視線をやった。

(翔司……そなたは玄武公から聞いていたのか……)

終始無言だったようだが、青ざめた様子で俯いたままだ。

(私の暗殺を聞かされていたのか、翔司……)

重臣達はまだまだ黎司に好意的だとは言えないが、即位当初ほどのあからさまな悪意は少なくなった。黎司の廃位を焦っているのは、弟宮を擁立しようとする玄武公だけだ。

当然弟宮の翔司も聞かされていて、兄の廃位を望んでいる。それは分かっていたが。

(この兄の命を奪ってまで、皇帝になりたいのか、翔司)

玄武公と皇太后に挟まれて、黒々とした闇に堕ちていく弟を止められない。

純粋で真っ直ぐだった弟が、歪な正義を信じて担ぎ上げられていく。

これ以上先に進めば、もう取り返しのつかぬ悪事に手を染めていくことになるだろう。

分かっているのに止めることができない。その歯がゆさが苦しい。

黎司は静かに現実を受け止め、決意を込めて口を開いた。

「ところで亀氏よ、そなたは私の健康をずいぶん心配し、内医官の質に問題があると感じていたようであるな？そなたの気持ちを汲み取り、私はたった今、詔を出す決意をした」

「詔？」

玄武公をはじめとした重臣達が、突然の発表に驚いた顔で黎司を見つめた。

「いったい何の詔を出されるおつもりですか？」

玄武公は怪訝な表情で尋ねた。

「先ほどそなたが言ったであろう？私の内医官を打診しても、みな理由をつけて断るのだと。なぜ皆が断るのか。その理由ははっきりしているであろう？ 答えてみよ」

「そ、それは……失礼で申し上げられませんでしたが、陛下の悪いお噂が広まっておりまして、畏れながらそれが一因かと……」

玄武公は皮肉を込めて答えた。

「うむ。悪い噂。誰が流した噂か知らぬが、うつけの皇帝の治世は短いと……そのように言われているようだな。皆も聞いているのだろう？」

重臣たちは気まずそうに、ざわざわと顔を見合わせた。

「治世が短い皇帝の内医官には誰もなりたがらないだろう。なぜか？ それは皇帝が亡くなれば墓守として殉死せねばならぬからだ。謀反でも起きていつ果てるとも分からぬ皇帝の内医官など、誰もなりたくないのだろう」

歯に衣着せぬ物言いに、重臣達が青ざめた。みんな心の中では思っていたが、さすがに口には出せずにいた。だが玄武公だけが怯むことなく応じる。

「は、はは。これはずいぶんご自分を冷静に見ておられますな。確かにそのような不安を口にする者もいるのは確かでございますが、それでどのような詔を出すおつもりですか？」

黎司は一拍おいて告げた。

「本日、この瞬間より内医官の殉死制度を廃止する」

「な！」

「内医官だけではない。皇帝の死に殉ずることを禁止する。后も侍従も、自分に課された寿命を全うすることを命じる。皇帝に墓守は不要である」

「な、なにをおっしゃるのですかっ！」

すぐに大声で反論したのは、もちろん玄武公だった。

「過去に内医官によって毒殺された皇帝がいたことをお忘れでございますか？」

確かに八代目の皇帝は、内医官が薬と偽った毒を飲み続け、ゆるやかに暗殺された。

「我ら玄武の祖先は、その罪を深く恥じて殉死という制度を作ったのでございます。帝の死がすなわち自分の死に直結していると思うからこそ、命懸けで帝の病を治そうとするのでございます。毒を盛れば、自分に報いがくるのだという戒めを、我らは担うことにしたのです。それゆえに帝も安心して医術を任せられるのでございましょう」

殉死制度の始まりは内医官による帝の暗殺事件だったと言われている。

だが今となってはそれも事実がどうであったか定かではない。八代皇帝は初代創司帝の生まれ変わりと呼ばれる賢帝だったと聞いている。それが当時の玄武公に目障りであった可能性は拭いきれない。内医官一人の企みとは到底思えなかった。

そして一つだけはっきりしているのは、始まりがどうであれ、その制度は違うものになってしまったということだ。

「その殉死制度を恐れて、内医官になりたい者がいないというのでは本末転倒であろう？　名医と名高い者ほど敬遠し、また仮に名医が任じられたとして、皇帝の死と共に若い才能が葬られることを、私は惜しいと思う」

「ははは。ずいぶん玄武の医師に慈悲深いお言葉でございますが、よろしいのですか？」

玄武公は嫌みったらしい微笑と共に続けた。

「内医官の戒めを解くということは、陛下に薬と偽り少しずつ毒を盛るような医師が現れる可能性を作るということです。我らはそれを防ぐために自ら戒めを作ったというのに、陛下自身がそれを解かれてしまっては、私も防ぐ手立てがございません」

重臣達は「確かに」と肯き、太政大臣の孔曹も不安を浮かべる。

「だが、すでにその戒めは無意味なものとなっているであろう？」

黎司の言葉に玄武公をはじめとした重臣達が首を傾げる。

「無意味とは？」

「先帝の内医助は確かそなたの身内の者であったな。私も何度か診察を受けたため、よく覚えている」

子供の頃、その医師に出された薬湯で一度死にかけたこともあった。

だがもちろん謎の病だと言われ、真相は闇に葬られた。

それ以来、内医官の出す薬は一切飲まないようにしている。

「ところで彼は先帝の墓守として殉死したのだろうな？」

「う……それは……」

玄武公は青ざめて口ごもる。

「私はそう思っていた。ところがどういうわけか、彼がそなたの主治医として元気に過ごしているという噂を聞いたのだが、これはどういうわけであろう？」

重臣達がざわざわと玄武公を窺い見る。

「そ、その医師は、先帝がご存命の頃、少し体調を崩し内医官として働くことが難しくなったのでございます。それゆえ内医助を解任して私の許に引き取っておりました。その間に先帝が身罷られ……」

「ほう。運のいい男もいたものよ。それがそなたの身内というのもよく出来た話だな」

ぐ……と玄武公は口ごもった。

「しかもいつの間にかその男の代わりに内医助になった医師が殉死している。瀕死の先帝だというのに、ずいぶん後任を見つけるのが早かったたな。私の内医助は、うつけの噂に怯えていまだに空席だというのに」

「そ、それは先帝の病をなんとか治したいと名医を探しておりましたゆえ」

「うむ。そなたの父上を心配する気持ちゆえだと信じたかったのだが、どうも調べてみるとおかしいのだ。壁宿で名医と名高い吐伯という医師だったたな。しかしどういうわけか、その医師は父上が身罷られた後で王宮に派遣されてきている」

昨晩、王琳に吐伯が出掛けた詳しい日程を聞いた。思った通り、皇帝の死はまだ広く知らされていなかったが、すでに亡くなった後のことだった。

重臣達が驚いたように玄武公を見つめる。

「そ、そんなはずは……。陛下の思い違いでは……」

玄武公はまだしらを切ろうとした。

「吐伯一人ならば私もそう思ったかもしれぬ。だが、貴族医官よりも平民医官はさらに多くの名医たちが父上の死後に内医官に任じられている。これを見れば分かる」

黎司が告げ、そばに控えていた翠明が手にした巻子を重臣達の前に広げて見せた。

「先帝の『御霊守目録』だ。その副葬品の数々と共に、墓守の名が連ねてある。これはいつからか宮内局の管轄として内医頭が保管していた。即位の行事に忙しい新たな皇帝は目にすることもないまま、宮内局がすべて取り仕切っていたようだな」

初めて玄武公の顔に焦りの表情が浮かぶ。

「そしてこちらは、父が身罷られる直前の内医官の名簿だ」

黎司が目線を送り、別の神官が一巻きほどの紙を広げた。

「内医官の名簿は、皇太子であった私の主治医でもあるゆえ手元に持っていた。見比べてみるがいい。吐伯の名はなく、平民医官は殉死者より十名ほど少ない」

孔曹をはじめとした重臣達が立ち上がり、二つの巻子を見比べて驚きの表情を浮かべる。

「ま、まさしく。これはどういうことでございますか、亀氏殿」

「死の間際に我らの知らぬところで別の者と入れ替わることができるなら、戒めの意味もなくなってしまう。確かに陛下のおっしゃる通りではないか」

「しかも帝の崩御後に増えるとはおかしなことだ」

重臣達が玄武公を問い詰めた。

「そ、それは……先帝の病が急に悪くなり、なんとかお救いしたく手を尽くして名医を集めたのでございます。ですが突然身罷られ……私も残念に思っておりました」

黎司は玄武公の言い訳にあえて肯いてみせた。

「そうであろうな。新たに名を連ねた医官達は、みな評判のいい医師ばかりだったようだ。もしこれらの者が生きていたなら、どれほど多くの病人を救えたことであろうか。

「…………」

それでなくとも、玄武以外の領地は医師不足に悩んでいると聞く。その数少ない名医を、皇帝が死ぬたびにこれほど多く失うのは、大変な損害である。そうは思わぬか、皆の者」

黎司は他の地の領主たちに尋ねた。

「まさしく。青龍の地は隣接する敵国との諍いで戦闘が絶えず、常に怪我人が出ております。亀氏殿にもっと医師を派遣して欲しいと願い出ても、医師が足りないと中々送り込んではくださらない。我らは常に医師不足に悩んでおります」

「朱雀も先だって怪しげな病が流行りましたが、質のいい医師がおらず苦労しました」

青龍公と朱雀公が同調する。白虎公だけは、何か言いたげだが発言はしなかった。

しかし少なくとも他の領地は、腕のいい医師を出ししぶる玄武公には、以前から不満を持っていたようだ。

皆、黎司にまだ不信感はあれども、この一件に関しては異論がなさそうだった。

そして黎司は、いま一人、意見を求めることにした。

静かに視線を移し問いかける。

「親王、そなたはどう思う？」

突然名指しされて弟宮の翔司はびくりと肩を震わせた。

青ざめた顔で黎司に視線を合わせる。

「わたしは……」

何かを言いかけて、玄武公と目が合い蒼白な顔で俯いた。

殿上会議の始まる前に玄武公から「どうやら帝が玄武の后宮で毒を盛られたらしい」と聞かされた。突然の話に動揺する翔司に玄武公は「宮様は何も知らない顔で成り行きを見守っておられればよい。後のことは私にお任せください」と言っていた。

自分の知らないところで一体何が行われていたのか。兄は死んでしまったのか。

覚悟していたつもりだったが、いざ現実になったと思うと恐ろしさに身が竦んでいた。

そして兄が生きていたことが分かって、なぜか安堵していた。

「そなたは、例えば私が子孫を残さず死ぬことがあれば、次の皇帝になるのだ。その時、私の后や侍従、内医官たちが殉死することを望むのか？」

「そ、それは……」

ふと竜胆の姫君の顔が浮かんだ。

彼女もまた玄武の后と共に殉死する可能性もあるのだ。

「例えばそなたが死ぬ日が来たとして、后や侍従、内医官まで道連れにしたいと思うのか？　そなたは死してなお、墓守に守ってもらわねば不安なのか？」

「い、いえ。私はそのようなことは……」

華蘭の顔が浮かんだ。

殉死する覚悟だと言われた時、嬉しいというよりはその想いを重く感じてしまった。

戸惑う翔司を見て、玄武公が慌てて口を挟む。

「陛下。まだ元服前の宮様にそのような酷な問いをしては気の毒でございましょう」

　しかし黎司はさらに厳しく言い募った。

「元服前であろうと私が死ねば明日にもその身は皇帝となるのだ。世間はそなたの元服を待ってはくれぬ。あらゆる決断を迫られる立場になるのだ。この場で答えよ、親王」

「！」

　いつにも増して厳しい言葉を投げかける黎司に、翔司は青ざめた。

　そして絞り出すように告げる。

「わ、私は……殉死制度を……望みません。私も……それぞれの寿命を全うしてもらいたいと……思います……」

「な！」

　驚いたのは玄武公だった。

　玄武公の最大の味方、御しやすい甥っ子であるはずの弟宮が、我が意に反して自分の意見を答えた。これまで何も逆らわず言いなりになっていた翔司が！

　それが衝撃だった。

　よりによって追い詰められて援護が必要なこの時に。

　ぎりりと拳を握りしめ、初めて向ける冷ややかな目で翔司を睨みつけた。

　玄武公とは反対に、黎司はほっと息を吐いた。

　まだぎりぎりのところで翔司は自分を保っている。

　先帝のように玄武公の傀儡に成り果ててはいない。まだ救える。

黎司は重臣を見渡し、再度告げた。

「親王も私と同じ意見のようだ。よって殉死制度廃止の詔を出すことにする。異論のある者はいるか？」

太政院の重臣達も、神祇院の神官達と皇族らも静かに首を垂れている。

玄武公も苦々しい顔で俯いていた。

「では本日付けで広く知らしめよう。よいな、亀氏」

黎司はあえて玄武公に念を押した。

玄武公はしかし思い直したように不敵な微笑を浮かべて肯いた。

「もちろんでございます。陛下の英断により優秀な医師を失わずに済みます。心より感謝致します」

今は口先だけでも従うのが得策だと思ったようだ。

黎司がどんな詔を出そうとも、死んでしまえば翔司を使ってどのようにも変えられる。

黎司はそんな玄武公の思惑を見透かしたように、にやりと微笑んだ。

「亀氏も賛成のようでなによりだ。ちなみに、私はこの詔に禁呪を施すことにする」

「禁呪？」

聞き慣れない言葉に玄武公は首を傾げる。

「呪とは相応の対価を差し出さねばならない禁断の術である。だが今回は自分の死と共に発動する呪ゆえ、我が死をもって対価となす」

重臣達は黎司の不穏な言葉に顔を見合わせる。

「へ、陛下。それでいったい何に呪いをかけると言うのですか？」

孔曹が不安げに尋ねた。

「私の死後、この詔を破り、誰かに殉死を命じた者は、その命に関わったすべての者に殉死させられた者と同じ死を与える」

「な!!　まさかそんなこと、出来るはずが……」

玄武公は黎司のはったりだと思ったらしい。だが……。

「はったりだと思うなら、命じてみるがよい。死をもって事実を知ることになるだろう」

余裕の微笑を浮かべる黎司の言葉を聞いて、玄武公は今度こそがくりと肩を落とした。

十一、新たな波瀾の幕開け

殿上会議の後、帝の居室に戻ると翠明がすぐさま嬉しそうに告げた。

「陛下、お見事でございました」

「うむ。まだまだ玄武公は侮れぬが、これで悪しき法を一つ葬ることができた」

ほんの一歩だが、少しずつ前進している実感がある。

「今回も多くの者に助けてもらった。此度も鼓濤と董胡のおかげだな」

「はい。玄武の侍女頭の証言で確信を得ることができました」

「二人には礼を言わねばならぬな」

そしてふと黎司は思い出したように尋ねた。

「そういえば二人に贈る品はまだ出来ぬのか？」

ずいぶん前に用命したが、まだ手元には届いていない。

「玄武のお后様の衣装は大急ぎで大衣寮に作らせております。最高級の品ゆえ、もうしばらく時間がかかるようでございます」

「鼓濤の喜ぶ顔が見てみたいな。朱璃にも言われたが、鼓濤はいいかげん顔ぐらい見てもよいかもしれぬ。いや、今度こそどうしても見てみたくなった」

「此度の先読みではお后様が捕らわれるということでございましたが、お顔は視えなかったのでございますか？」

黎司は残念そうに肯いた。

「うむ。昨日までは鼓濤が捕らわれる姿がどんどん鮮明になり、横顔が少しずつ露わになっていた。今日にははっきり視えるところまできていたが、残念というか幸いというか、昨晩の王琳の告白によって回避できたようだ。今朝の祈禱では鼓濤の姿はなくなっていた」

それは良かったのだが、顔が見えなかったことが残念にも思えた。

見えそうで見えないとなると、無性に見たくなってきた。

「董胡にもそろそろ陛下の正体を明かしてもよい頃ではないでしょうか？」

翠明が言う。

「そうだな。先日会った時に明かそうかとも思ったのだが……」

黎司の顔色を心配する董胡に問い詰められ言い出せなくなった。それに。

「今までのように気楽に話せなくなるのが残念でな。董胡は私が帝だと知ったら変わってしまうだろうか？」

董胡が畏まって本音を話せなくなるのではと危惧していた。

「董胡は変わらないのではないでしょうか？　驚きはするでしょうが」

翠明は出来ることなら正体を明かし、董胡を正式に黎司の薬膳師として迎え入れたいと考えていた。玄武の后は嫌がり、黎司も遠慮するだろうが、帝の健康の方が大事だ。遠慮している場合ではない。

「お后様に贈り物をする際に、董胡も招き入れ、お姿を見せてはどうでしょうか？」

「ふむ。そうだな。そうすれば、董胡ともこそこそせずに后宮で直接会えるか……」

もはや黎司の中に鼓濤を疑う気持ちはない。

玄武公の娘であってもなくても、どのような素性の姫君であろうとも、董胡と共にかけがえのない大切な味方だと思っている。

「次に后宮に行く時に、董胡もそばに置くように鼓濤に伝えてみよう」

黎司の中で決意が固まった。

「ところで先ほど玄武公におっしゃられた禁呪のことでございますが、本当にそのような危険な術をお使いになるのですか？」

翠明はそのことも気になっていた。

たとえ死ぬ時に発動する禁呪といえども、術のかけ方を間違えば自分に返ってくるかもしれない。翠明自身が多少の術を使えるだけに、その危険性は誰より熟知していた。

「ああ、そのことか。天術の指南書を見つけた話はしただろう？」

「はい」

黎司は先日、皇宮の四階部分にある代々の皇帝の遺品の中から、創司帝の書を見つけた。長年天術を使える者もなく、絵空事の書として置き去りにされていたものだった。

確かに黎司が読んでみても、現実とは思えぬ数々の奇跡が記されていた。

その中に禁呪の法もあったのだ。

「あれは玄武公の思った通り、ただのはったりだ」

「な！」

翠明はあっさり答える黎司に呆れた。

「残念ながら、今の私にはさっぱり使えない。簡単な術を使ってみたが発動することはなかった。だが、亀氏を牽制する方便にはなっただろう」

にやりと微笑む黎司に、翠明は肩をすくめた。

「私は本当に陛下がそこまで天術をお使いになるようになったのかと思いました」

翠明がそう思うぐらいだから、玄武公や他の重臣たちも信じただろう。

「創司帝の記された天術の書は、それほど難解なものでございましたか？」

部屋から持ち出すことは禁じられているため、皇帝しか目にすることの出来ない書だ。

「そなたなら使えるのだろうか？」

式を操る翠明の方が、術というものに馴染んでいる。

「いえ、滅相もない。神官の使う術は、目先のささやかなものでございます」

術を使える神官は僅かしかいないが、みんな息を吸うように自然に使う。

ただし、体の悪い部位が視えるとか、彷徨う霊魂を祓えるとかのささやかなものだ。

翠明の式神使いは、かなり特殊で抜きんでた能力だった。

中には指先から冷風が出るだとか、何に使うのか分からない能力を持つ者もいる。

残念ながらどれも強大になった四公を抑え込めるほどの術ではない。

「ただ天術の書を読んでみて……一つ、不思議に思うことがある」

「不思議に思うこと？」

翠明は聞き返した。

「創司帝の先読みの記録を見ると、もちろん災害や病などの凶事の回避が主なものではあるのだが、それと同時に豊作や皇子の誕生などの吉事も視えていたようだ」

「吉事が？」

「だが私が視るのは凶事ばかりだ。なぜだろう？　私の資質ゆえなのか。単に凶事が続いているのか。それとも何かが足りないのか？」

「何かが足りない？」

言葉をなぞる翠明に黎司は肯（うなず）いた。

「やはり創司帝の時代にあったはずの三種の神器が二種になっていることが気になる。天術を行うために、大事な何かが欠けているような気がする」

黎司がそう思う根拠があった。

先日簡単な天術を使ってみようと、祈禱殿で魔毘（まび）を呼びだした。

初めて見た時は死神かと思った祈禱殿に現れる不気味な男は、黎司の脳裏に『魔毘』

という言葉を浮かび上がらせ、その名を呼ぶと銅鏡に未来を映し出してくれるようになった。

天術に必要なものはもう分かっている。

黎司が常に身につけている神器の二つ、銅鏡と剣。そして魔毘だ。

魔毘が何者なのか、祈禱殿に棲(す)みつく妖(あやかし)なのか、黎司にも分かっていない。

人の形を作っているが、もしかして『魔毘』という言葉によって作られる言霊(ことだま)のようなものなのかもしれない。だがとにかく魔毘が必要だった。

祈禱殿で魔毘と唱えると、長い赤髪で右目が隠れた、不思議な文様のついた黒衣の男が現れる。暗闇に溶け込むような陰気な風貌(ふうぼう)で、一度も言葉を発したことはない。

ただ、右手で銅鏡を指し示すだけだ。そしてそれに合わせて黎司が念じる。

だが途中まで術が発動する気配を感じるのに、途中で解けてしまう。気付くと魔毘の姿は消えている。何かが足りず完成に至らないのだ。

それは先読みにも言える。

先読みが現実となる直前まで、はっきりと視えてこない。

しかし創司帝の先読みはもっと正確で早かった。

圧倒的に何かが足りないのだ。

それは黎司の念じる力かもしれないが、それだけではない気がする。

「やはり、三つ目の神器を見つけねばならない。いま一度、創司帝の時代の奇跡のような天術によって皇帝の力を取り戻さねば、いずれ近いうちに五行の均衡は崩れ、伍尭國は争乱の国になってしまうだろう」

先読みとは関係なく、皇帝となった日から黎司の中にその予感はあった。

常に自分がぎりぎりのところを渡り歩いているように感じている。

黎司は皇宮の切り窓から見える、見事に整備された中庭とその先に広がる王宮の景色を眺めた。高く伸びきった木々は、創司帝の時代から粛々と年輪を刻み今日まで続いている。

この長い歴史を持つ美しい王宮を、争乱で焼け野原にするわけにはいかない。

何かに追い立てられている焦燥感が、日に日に高まっていくような気がしていた。

◆

董胡は同じ頃、后宮の縁側からレイシのいる皇宮を見上げていた。

中庭の木々の遠く向こうに、金色の屋根が見えている。

「鼓濤様、もう少し御座所(おましどころ)の中に入ってくださいませ。外からお姿が見えます」

「王琳様が戻ってきたら叱られますわ。恐ろしや、恐ろしや」

茶民と壇々が縁側近くまで出ていた董胡に注意した。

王琳は皇太后に呼び出され、二の后宮に行っている。

昨晩帝が輿に乗って皇宮に戻ったことで、皇太后は毒殺がうまくいったと思っている。状況を説明させるべく密かに王琳を呼びだしたつもりのようだ。

王琳には、夫が吐伯であることが帝にばれていたので、いま毒を盛るのは危険だと判断し取りやめたと伝えさせた。しばらく目立った動きは出来ないと告げているはずだ。

レイシと話し合い、王琳はまだ何も気付かず、皇太后の従順な間者のふりをした方が、危険が少ないだろうということになった。

王琳自身も「皇太后様の動向を探る密偵としてお使いください」とレイシに答えた。

こうして董胡にもずいぶん譲歩してくれるようになったものの、料理以外については姫君の所作に厳しい。

すっかり帝の信奉者となった王琳は、その寵愛深い后にすべく鼓濤を完璧な姫君に育て上げることが使命だと感じているようだ。それはそれで面倒なことになった。

そして、まだ男装医官として王宮を歩き回っていたことは告げていない。

そんなことを聞けば卒倒して料理も禁止されてしまいそうで言い出せずにいた。

茶民と壇々は恐ろしいのでもうしばらく黙っていようと言っている。

ともかく后宮に平和が戻った。

「陛下は……無事殉死制度廃止の詔を出されただろうか……」

董胡はレイシのことが心配だった。

「帝なら大丈夫でございますわよ。きっとうまく処理なさっていますわ」

「それにしても昨晩はいろいろ驚きましたわ。王琳様に夫がいらっしゃったなんて」

「本当ですわ。鼓濤様もご存じなら教えてくださったらよろしいのに」

「まったくですわ。しかも帝の膳に毒を入れようとしていたなんて……恐ろしや」

二人は昨晩の王琳の告白ですべてを知り、ずいぶん驚いたようだ。

「ごめんごめん。二人に言うと挙動不審ですぐばれそうだったからね」

信頼はしているが、この二人に隠し事は出来そうにない。

「鼓濤様は王琳様が毒を入れようとしていたなんて、よく気付きましたね」

「そうですわ。まさか帝の膳に入れるだなんて思いもしませんでしたわ」

董胡は肯いた。もう言ってもいいだろう。

「雄武が教えてくれたのだ」

董胡の返答に茶民と壇々は驚いた。

「えええっ？　雄武様が？　いつの間に？」

「だ、だって、先日は鼓濤様に暴力をふるおうとまでなさっていたのに」

「うん、あの時だよ」

雄武が董胡にいら立って御簾に入り込んだあの時――

両襟を摑み、殴りかからんばかりになった雄武は、董胡の耳元に囁いた。

「侍女頭が帝の膳に毒を入れるつもりだ。気を付けろ」

控えの間にいた王琳に聞こえないように告げるため、御簾に入り込む口実が必要だった。そのために董胡に辛辣な言葉を吐いて無法者を演じ切ったのだ。

董胡は一瞬雄武が何を言ったのか分からず、無言のまま目を見開いた。

それが王琳達には乱暴されて呆然とする姫君に見えたのだろう。

雄武の作戦通りだった。

王琳は身勝手な貴族のばか息子ぐらいに思ったようだった。

「で、では、雄武様は鼓濤様を助けるためにあのような乱暴を？」

「まあ！　私は何も知らず、なんて嫌な人だろうと思っていました」

「なんと！　ご自分が非難されるのも厭わず、鼓濤様のために悪者になったのですね」

「やはり雄武様は思った通りの方でしたわ。なんと尊いお方でしょうか」

二人はあの後、百年の恋も冷めたように雄武の悪口を言っていたが、そんなことは忘れたかのように再び雄武に恋い焦がれる姫君に戻った。

だが、董胡もまた自分の思い込みを深く反省していた。

「雄武は……思ったよりもいいやつなのかもしれないな……」

麒麟寮では嫌なやつだと思っていたけれど。

玄武の子息などろくでもないと思っていたけれど。

「今度会ったら、ひどいことを言ったと謝ろう」

また会うことがあるのかは分からないが……。

◆

それから数日後。

玄武の都にある黒水晶の宮には雄武がいた。

お茶会の後からずっと麒麟寮を休んで戻ってきている。父や華蘭の不穏な様子が気になって探っていたのだ。

華蘭の侍女をはじめ、宮の女性たちはたいてい雄武に好意的だった。

亀氏の子息に見初められるのは、黒水晶の宮の女性にとって最高の玉の輿だから当然だ。少し親切にすればたいがいのことは話してくれる。

特に華蘭の侍女は、中々貴重な情報を持っていた。

だから后宮(きさきぐう)に送られた侍女頭のことも知ることができた。怪しい動きがあればすぐに知らせてくれるように頼んであった。そして帝の毒殺計画もいち早く知ることができた。

その後、帝が毒殺されたという話はなくほっと安堵(あんど)していた。

どうやら董胡が未然に防いだようだ。

いろんなことを詳しく知るにつけ、父の恐ろしさをまざまざと感じている。

(父上は帝の暗殺まで考えていたのか。なんという恐れ知らずな……)

我が父ながら常軌を逸している。

自分だけが今まで何も知らずにのうのうと暮らしていたのだと思い知った。

帝の毒殺を知らせたのは、董胡のためでもあるが父のためでもあった。

(どれほどの権力を持っていようとも、過ぎた悪事は相応の報いを受ける)

なにかに憑かれたように暴走する父を止めたかった。

(董胡は……無事過ごしているだろうか……)

麒麟寮ではあれほど目障りだったというのに、自分のせいで死なせてしまったかもという罪悪感からか、何かに呪縛されたように董胡のことが気になって仕方がない。

生きていたと確信できれば、この呪縛から解き放たれるのだと思っていたのに、二度と目の前に現れるなと言われ、ひどく憎んでいるような涙を見た後では、ますます罪悪感が募っていく。董胡が幸せだと言うまでこの呪縛は続きそうな気がした。

(姫君の姿がとても似合っていた。帝の后として寵愛されているという話だし……)

もう充分幸せじゃないか、と思う。平民だった頃より幸せなはずだ。

(何が不満なんだよ。私にどうしろと言うんだ)

真っ直ぐに見つめる、あの目が苦手だ。

麒麟寮にいた時からそうだった。いつだって董胡の方が正しい。どれほど貶めようとしても、毅然と正しい道を選び取っていく。

何をやっても敵わない。まるで兄上のように……。

二人はまったく正反対なのに、雄武にとっては同じような存在感を持っていた。

一生敵わないと分かっているのに、どうしても届きたい。すごいと認めてもらいたい。感謝されたい。雄武が必要だと言わせたい。

幼な子が母親に褒めてもらいたいように、雄武は二人に認めてもらいたかった。

自分でも変な感情だと思うが、その感情がどうにも心を占めて解き放ってくれない。

「あら、お兄様、まだ宮にいらしたの？」

ふと庭に面した広縁から声がかかった。

煌びやかな表着を羽織った姫君の集団が通り過ぎようとしているところだった。

「華蘭……」

扇で顔を覆っているが、その声と黒水晶の宝髻を見れば分かる。

母違いの妹で、昔からあまり仲良くはしていない。というか、雄武のことを馬鹿にしているような言動が鼻につく。気位が高くて、どうにも打ち解けない相手だった。

「そういえば先日の皇太后様のお茶会では、ずいぶんなご活躍でしたこと」

「…………」

雄武は気まずい顔になった。華蘭のいつもの嫌みだ。

あの後、父からひどい叱責を受け、扇を投げつけられた。活躍なわけがない。

「兄様は、あの卑しい后に何か弱みでも握られているのでは、などと言う者もいるようですが、そうなのですか？」

「弱みなど別に……。私は医生として正しいことを言っただけだ」

「兄様の正しい知識など、あの場の誰も望んでおりませんでしたわ。ほんに雄武兄様は昔から肝心な時に余計な事をしてくれますこと」

「…………」

父が溺愛しているとはいえ、よくもここまで父そっくりに育ったものだと思う。

たかが十六の小娘の中に、あの父の毒々しさが宿っていると思うと空恐ろしい。

「ねえ、兄様。先だって帝が后の侍女頭に毒殺されそうになった話はご存じかしら？」

「!!」

雄武はぎょっと華蘭を見つめた。

「まさか……お兄様が余計な事をなさったのではないでしょうね？」

ぞわりと毒々しい風が、雄武をすり抜けていったような気がした。

「な、なぜそんなことを……」

「皇太后様の女嬬が一の后宮でお兄様の輿を見たと言うものですから……」

「！」

雄武は冷や汗が吹き出るような気がした。

すべて見透かされているような恐怖に身がすくむ。

「な、何かの見間違いだろう。私が后宮になど行くはずがない」

雄武は絞り出すように答えた。

「うふふ。そうでございますわよね。そんなことがあれば父上様がただじゃおきませんもの。兄上といえども斬り捨ててしまうかもしれませんわ。勘違いで良かったですこと」

「…………」

雄武は蒼白になったまま言葉を失くしていた。

「華蘭様、早く行きましょう。尊武様がお待ちですわ」

尊武が帰ってきていると、雄武もさっき聞いていた。

侍女の一人が声をかけ、華蘭は思い出したように声を弾ませた。

「ええ、そうね。こんなところで無駄話をしている暇はないのだったわ。尊武兄様にお会いするのは久しぶりですものね。ああ、嬉しいこと」

雄武に対するのとずいぶん態度が違う。

「華蘭様にお土産があると仰せでしたわ」

「楽しみですわ。お兄様の選ぶものはいつも趣味が良いのだもの」

「また一層麗しくなられたと、回廊ですれ違った侍女達が騒いでおりましたわ」

「ほんに同じ兄上でも、これほど違うのも珍しいですわね」

捨て台詞のように言って、華蘭達は去っていった。

兄の尊武は、四領地をはじめ、他国にまで外遊していてほとんど帰ってこない。

しかも元服してからは、父に離宮を与えられ、母君と共にそちらに居住している。

三人とも腹違いの子で、尊武の母は尊武だけを産み、身分が低く人見知りな性格らしく表に出ることもなく、同じ宮に住んでいた頃から母君には会ったことがない。

その母君の顔色を窺ってなのか、尊武にはこの黒水晶の宮にも居室があるものの、滅多に寄り付かなくなっていた。

それが久しぶりに宮に帰ってきたというので、先ほどから侍女達が騒がしい。

会うのは二年ぶりだろうか。

涼やかで美しい兄だが、雄武は時々父よりも恐ろしく感じることがある。

だが華蘭は幼い頃からよく懐いていた。

雄武のことは馬鹿にしているが、尊武のことは心から慕っているようだった。

「お兄様！　ああ、お会いしたかったですわ！」

華蘭は部屋に入るなり、脇息にもたれてくつろぐ兄のそばににじり寄った。

髪を下ろし仕立ての良い袍服を少しはだけさせていても、どこか雅やかな男だった。

華蘭も幼い頃から仲の良い兄にだけは、堅苦しい所作も忘れ無邪気な仕草になる。

「華蘭。扇を取って顔を見せてごらん。どれほどの美女になったか見てみよう」

低く澄んだ魅惑的な声が響いた。華蘭はこの声も好きだった。

「うふふ。目の肥えたお兄様に認めてもらえるかしら」

華蘭が扇をはずし、尊武は長い指先を伸ばしその頬をそっとなぞった。

「うむ。国中を回ったが、これほど美しい姫君を見たことはない」

「うふふ。お兄様ったらお上手ですこと」

華蘭は嬉しそうに微笑み頬を赤らめた。

「今回はどちらにおいでてでしたの？」

「うむ。白虎の都から、隣国に渡っていた。そして船で戻り先日まで朱雀にいた。朱雀で見つけた珍しい唐衣と帔帛がある。その櫃の中を見てごらん」

「まあ！　朱雀の唐衣？　それに朱雀の帔帛は色柄の華やかなものがあるとか」

華蘭は大喜びで部屋の隅に置かれた櫃に向かい、侍女と共に数々の土産物を広げた。

その様子を目を細めて眺めていた尊武は、ふと思い出したように告げた。

「そういえば……朱雀で珍しい女に会った」

華蘭は手を止めて尊武を見た。

「女？　尊武お兄様が姫君の話をするなんて珍しいですわね」

華蘭以外の女性は、人とも思っていないような冷たさのある兄だ。

自分だけを特別に扱ってくれるところも、華蘭が兄を好きな理由だった。

「姫君……ではないはずなのだがな。妓楼で働く妓女だ」

「まあ！　妓女？」

華蘭は眉間を寄せた。下賤の中でも華蘭にとっては最も卑しい存在だった。

「兄様が妓女ごときを気にかけるだなんて、よしてくださいませ」

「ふふ。やきもちか？　そなたが心配するような女ではない。ただ……面白いと思っただけだ。もう一度会ってみたいと思った女は初めてかもしれないがな」

「もう、お兄様。そんな話は聞きたくないですわ」

華蘭は拗ねたように両手で耳をふさいだ。

「ふふ。可愛い妹を怒らせてしまったな」

「そういえば……下賤な女で思い出しましたけれど」

「ん？」

華蘭はもう一度尊武ににじり寄って、しなだれかかった。

「お兄様に一人、始末して欲しい女がいるのですわ」

尊武はさほど驚きもせずに、聞き返した。

「始末して欲しい女？　ずいぶん物騒な話だな。そなたなら始末したければ、どのようにでも理由をつけて葬り去ることができるだろう？」

「それが……中々うまくいかないのです」

「ふ……む。そなたが手こずるとは珍しい」

「ねえ、お兄様が何とかしてくださらない？　雄武お兄様はさっぱり役に立たないし、父上様も手こずっているようですの」

「お父上が？　女一人に？」

尊武は少し興味を持ったのか、脇息から体を起こした。

「して、その女とは、どこの姫君だ？」

華蘭はにやりと微笑んで告げた。

「帝の一の后です。昔行方知れずになったと言われている姉上ですわ」

「后というと父上がおっしゃっていた……。濤麗の娘か……。なるほど……」

尊武は少し考え込んだ。

そして不敵な笑みを浮かべると、少し吊り上がった目を楽しげにきらめかせた。

「よいだろう。可愛い妹の頼みだ。聞いてやらねばなるまいな」

◆

王宮では、再び大朝会の日になっていた。

王琳はきびきびと后宮の仕事を終わらせ、早々に貴人回廊から皇宮に向かって出かけていった。

「はあああ。不躾ながら王琳様が宮にいないとほっと致しますわ。真面目な良い方なのでしょうけど、お仕事に厳しくて緊張してしまいます」

茶民は先日、さんざん小言を言われながらも没収された小銭を返してもらっていた。

「大家の奥方様として暮らしてきた方だからね。私達の無作法が見ていられないのだろうね。あれでもずいぶん譲歩してくれているみたいだよ」

「それはそうですけど……というか、何をなさっているのですか、鼓濤様」

茶民はごそごそと寝所の床下に隠している小さな櫃を取り出す董胡を見ながら尋ねた。

「なにって、ちょっと薬庫の万寿のところに行ってこようかと思って」

ずいぶん長い間、薬庫に顔を出していないから心配しているはずだ。

医官服に着替えて、朝作った饅頭をあげてこようかと思う。

楊庵の分も前に約束した通り、万寿に預けておこうと思っていた。

「なっ！　よしてくださいませ！　王琳様が帰ってこられたらどうするのですか！」

「今出かけたばかりだから大丈夫だよ。すぐ戻ってくるから」

董胡が表着を脱いで着替えようとしていると、壇々が賑やかに入ってきた。

「ねえねえ、茶民！　皇太后様の宮に黒水晶の宮から輿が来ていますわ。お館様の輿とは少し違うみたいなの。もしかして雄武様かもしれないわ」

「えっ、雄武様が？　お姿が見えるかしら？」

二人は皇太后の宮がよく見える侍女の部屋にいそいそと向かった。

雄武は今では二人にとって、勇敢かつ誠実な憧れの若君だった。

(それにしても今度は何の用で皇太后様のところに来たのだろう？)

董胡も少し気になって、二人の侍女についていって格子窓から外を眺めた。

ちょうど二の后宮の中庭に輿が停まり、袍服の男性が降りているところだった。

雄武にしては背が高い気がする。

よく見ると、医生の角髪頭ではなく、成人男性の絹布で包んだ団子に長い織紐を結わえた髪型だ。その仕草の一つ一つがやけに洗練されている。

「まあ！　あれは雄武様ではないわ」

「もしかして、尊武様では？」

「まあ！　初めて拝見しましたわ」

　茶民と壇々が話している。

「尊武？」

　董胡は首を傾げた。どこかで聞いた気もするが、すぐに思い出せなかった。

「ほら、雄武様の兄上様ですわ」

「鼓濤様にとっても兄上様ではないですか。覚えて下さいませ」

　そういえば二人の会話の中で聞いたことがあった気がする。

　だが、黒水晶の宮でも会ったことがなく、覚えるべき項目にもなかった。

　一時だけの偽の后には不要の情報だったのだろう。

「噂には聞いていたけれど、なんと麗しい」

「こちらを向いてくださらないかしら？」

「ねえねえ、茶民、貴人回廊まで出たらもっと見えるんじゃないかしら？」

「まあ！　行ってみましょうか、壇々」

　現金な二人は、雄武もいいが尊武も気になるらしい。

「ちょっとお席を外してもいいですか、鼓濤様？」

「ほんの少しですから」

二人は懇願するように董胡に尋ねた。

「いいよ。行っておいで。皇太后様の侍女に見つからないようにね」

董胡が言うと、二人は大喜びで御座所を出て貴人回廊の方へ急いだ。

「やれやれ。かしましい二人だ」

董胡は肩をすくめて、もう一度格子窓から二の宮に入ろうとする尊武を眺めた。

その瞬間。

「え？」

ひやりと董胡の背筋が凍り付いた。

尊武が空を眺めるようにこちらを振り返っていた。

「あれは……まさか……」

すぐに向き直り、ほんの一瞬の出来事だったがはっきりと見た。

「あの男は……」

見たことがある。

忘れようにも忘れられない。

「朱雀の妓楼で見た若君……」

まさか……と思ったが、そう思って見る後ろ姿は間違いなくあの若君だ。

「そんな……。では尊武が朱雀に阿芙蓉を……」

ばくばくと鼓動が脈打つ。あの日の恐怖がよみがえる。

すべてを見透かしたような、何をしても敵わないような恐ろしさ。

虫けらのように人を殺しそうなおぞましさをひしひしと感じる。

(どうしよう。レイシ様に知らせないと……)

震える足で侍女部屋を出た董胡は、突然駆け込んできた茶民と壇々に驚いた。

「た、大変でございます！　鼓濤様！　ああ、どうしましょう……」

「何⁉　尊武に何かされたのっ⁉」

董胡はすでに尊武のことしか頭になかった。しかし。

「尊武様ではありませんわ！」

「それどころではありません！」

「す、朱雀のお后様がおいでございます！」

「え？」

あまりに思考になかった内容だったため、言われた意味がしばらく分からなかった。

「で、ですから朱雀のお后様が、もうそこに……」

壇々が言い終わらないうちに御座所の入り口に人の気配がした。

「ひ、ひいいい。お后様、お待ちください。先触れもなくこのようなこと……」

壇々が必死で押しとどめに戻った。

董胡はようやく事態が飲み込め、脱いでいた表着を慌てて羽織り直し、まだ混乱する頭を落ち着けて扇を持って御簾の中におさまった。

御簾の前には朱璃が扇をおろして座っていた。

壇々との押し問答を軽々と受け流し、勝手に着座してしまった。

来客をもてなす準備も出来ておらず、厚畳すら敷いていないが仕方がない。

禰古は大朝会に出ているだろうし、侍女の一人も連れず、もしかして后宮の者にも内緒で勝手に出歩いてきたのかもしれない。

董胡は用心して鼓濤の声音を作りながら口を開いた。

「いかに朱雀のお后様といえども、ご無礼ではありませんか？　先触れもなく勝手に宮を訪ねるなど大朝会で訴えれば大問題となるでしょう」

毅然とした態度で文句を言わなければ、こんなことがまかり通ると思われてしまう。

しかし朱璃は平然と答えた。

「玄武のお后様は、董麗の話ではずいぶん人見知りで内気な姫君のようでしたが、思いのほか利発な口調でいらっしゃる。聞いていた話と違うようですね」

「そ、それは……」

董胡は少し怯んだ。なんとか言いくるめて追い払わねばと思っていたために、内気な設定を忘れてしまっていた。董胡の脇に控えている茶民と壇々も青ざめている。

「それに、大朝会で訴えて、お困りになるのは鼓濤様の方ではございませんか？」

「な！　それはどういう……」

董胡は怪訝な顔で問いかけた。

「先日から侍女頭が交代されたようですが、董麗はどこにいったのでしょう？」

「そ、それは……董麗は代理の者だったので、里に返して……」

「では薬膳師は？　朱雀の宮を救ってくれたという薬膳師には会えますか？」

董胡はぎくりと御簾の向こうの朱璃を見つめた。

「薬膳師は……今は出掛けていて……」

董胡の額にじわりと冷や汗が滲む。

そして畳みかけるように朱璃は告げた。

「もう正体を明かしてはどうですか？　鼓濤様。いいえ、董麗。いいえ、薬膳師・董胡」

「!!」

董胡は唖然と朱璃を見つめた。

茶民と壇々は、両手で口を押さえている。

「誤魔化しても無駄です。御簾を上げてお顔をお見せなさい！」

強い口調で告げる朱璃に、董胡は俯いた。

（なぜ？　董胡であることも知っているのか？　どうして？）

もう終わりだ。すべて知られてしまった。

朱璃は帝とも懇意にしている。レイシも気付いているのか。

いつから？　レイシは気付いていて鼓濤のところに来ていたのか？

いや、そんなはずはない。そんなはずはないと信じたい。

（しらを切り通すか？　確信はないから一人で訪ねてきたのに違いない）

そう思ったが。

「御簾を上げなければ、私の知るすべてを帝にお話しします。よいのですか？」

「!!」

帝にはまだ話していない。ほんの少し安堵した。

だが崖っぷちにいるのは変わらない。

（どうする？　どうすればいい？）

そうして悩んだ挙句、董胡は観念したように命じた。

「茶民、壇々、……御簾を……上げなさい」

二人は、はっと董胡を見た。

「よ、よいのですか？　鼓濤様」

董胡は静かに肯き、茶民と壇々は立ち上がり、躊躇いながらも両側から御簾をゆっくりと巻き上げた。

少しずつ巻き上がる御簾から、鼓濤の表着の裾が露わになり……。

扇を置いて膝の上に重ねる両手が晒される。

やがて帯から胸元にうつり、細い首、形のよい顎、引き結んだ口元、小ぶりな鼻と、朱璃の視線が固唾を呑んで追っていく。

そして……ついに馴染みのある、朱璃が最も心惹かれる、大きな黒目がちの瞳が白日のもとに晒された。

それは紛れもなく侍女頭・董麗であり、薬膳師・董胡だった。

そして遠い昔から朱璃がずっと憧れ続けた濤麗そのものでもあった。

だがその瞳は、はっきりと敵意を含んで告げた。

「私の正体を知って……どうするおつもりですか、朱璃様」

追い詰められた小鳥が最後の戦いを挑むように、真っ直ぐ朱璃を睨みつけていた。

「さて……どうしましょうか、鼓濤様」

その挑戦を真っ向から受け止めるように、朱璃は不敵に微笑んだ。

二人の后は、お互いに一歩も譲らぬ気迫をぶつけながら睨み合う。

黎司の知らないところで、后たちの新たな騒動が巻き起ころうとしていた——。

本書は書き下ろしです。

皇帝の薬膳妃

紅菊の秘密と新たな誓い

尾道理子

令和4年 10月25日　初版発行
令和6年 9月25日　8版発行

発行者●山下直久

発行●株式会社KADOKAWA
〒102-8177　東京都千代田区富士見2-13-3
電話　0570-002-301（ナビダイヤル）

角川文庫 23375

印刷所●株式会社KADOKAWA
製本所●株式会社KADOKAWA

表紙画●和田三造

●お問い合わせ
https://www.kadokawa.co.jp/（「お問い合わせ」へお進みください）
※内容によっては、お答えできない場合があります。
※サポートは日本国内のみとさせていただきます。
※Japanese text only

ISBN 978-4-04-113020-9　C0193

角川文庫発刊に際して

角川源義

第二次世界大戦の敗北は、軍事力の敗北であった以上に、私たちの若い文化力の敗退であった。私たちの文化が戦争に対して如何に無力であり、単なるあだ花に過ぎなかったかを、私たちは身を以て体験し痛感した。西洋近代文化の摂取にとって、明治以後八十年の歳月は決して短かすぎたとは言えない。にもかかわらず、近代文化の伝統を確立し、自由な批判と柔軟な良識に富む文化層として自らを形成することに私たちは失敗して来た。そしてこれは、各層への文化の普及滲透を任務とする出版人の責任でもあった。

一九四五年以来、私たちは再び振出しに戻り、第一歩から踏み出すことを余儀なくされた。これは大きな不幸ではあるが、反面、これまでの混沌・未熟・歪曲の中にあった我が国の文化に秩序と確たる基礎を齎らすためには絶好の機会でもある。角川書店は、このような祖国の文化的危機にあたり、微力をも顧みず再建の礎石たるべき抱負と決意とをもって出発したが、ここに創立以来の念願を果すべく角川文庫を発刊する。これまで刊行されたあらゆる全集叢書文庫類の長所と短所とを検討し、古今東西の不朽の典籍を、良心的編集のもとに、廉価に、そして書架にふさわしい美本として、多くのひとびとに提供しようとする。しかし私たちは徒らに百科全書的な知識のジレッタントを作ることを目的とせず、あくまで祖国の文化に秩序と再建への道を示し、この文庫を角川書店の栄ある事業として、今後永久に継続発展せしめ、学芸と教養との殿堂として大成せんことを期したい。多くの読書子の愛情ある忠言と支持とによって、この希望と抱負とを完遂せしめられんことを願う。

一九四九年五月三日

皇帝の薬膳妃

紅き棗と再会の約束

尾道理子

〈妃と医官〉の一人二役ファンタジー！

伍尭國の北の都、玄武に暮らす少女・董胡は、幼い頃に会った謎の麗人「レイシ」の専属薬膳師になる夢を抱き、男子と偽って医術を学んでいた。しかし突然呼ばれた領主邸で、自身が行方知れずだった領主の娘であると告げられ、姫として皇帝への輿入れを命じられる。なす術なく王宮へ入った董胡は、皇帝に嫌われようと振る舞うが、医官に変装して拵えた薬膳饅頭が皇帝のお気に入りとなり――。妃と医官、秘密の二重生活が始まる！

角川文庫のキャラクター文芸

ISBN 978-4-04-111777-4

ISBN 978-4-04-111240-3

後宮の検屍女官3

小野はるか

検屍が照らし出す、後宮の女たちの悲哀。

死王の事件で無人のはずの後宮３区で、新たに墜落死体が見つかる。それはなんと皇帝の寵妃・梅婕妤の乳母だった。掖廷令を務める美貌の宦官・延明は、調べる前から自害だと主張する梅婕妤を怪しく思う。優れた検屍術を持つがぐうたらな女官・桃花の力を借りて死の真相に迫るが、思わぬ邪魔が入り……。水面下で激化する皇后と梅婕妤の対立、深まる疑惑の闇、そして桃花にも変化が——？　後宮の女たちの業を描き出す第３巻。

角川文庫のキャラクター文芸
ISBN 978-4-04-112491-8